EDITION KÜRBIS

978-3-900965-61-7

Herausgeber und Verleger:
Kulturinitiative Kürbis Wies
Umschlag und Satz: loibner-art.com
Druck: Simadruck, Deutschlandsberg
1. Auflage September 2023
Edition Kürbis
8551 Wies, Österreich
www.kuerbis.at

Heimo Mürzl, Wolfgang Pollanz (Hg.)

Zum Fressen gern.

Eine tierische Anthologie

Tiere um uns leben ihr Leben,
unzählige Arten sehen dich an
Tiere um uns, was wären wir ohne sie?

Blumfeld, Tiere um uns

The Animal's Playlist
auf Spotify

If you like this
playlist give it a like!

INHALTSVERZEICHNIS

Heimo Mürzl

Von bösen Wölfen, Problembären, delikaten Froschschenkeln und Gänsestopfleber
oder
Wir haben noch immer nicht gelernt miteinander zu leben

„Wer Tiere liebt, sollte keine Tiere essen. Wer sie essen will, sollte sie selbst töten."

Quentin Tarantino

Das Verhältnis des Menschen zu den Tieren hat viele Facetten und ist ebenso ambivalent wie bizarr. Es reicht vom besten Freund (Hund, Katze, Pferd, Wellensittich) über das geschätzte Nahrungsmittel (Rind, Schwein, Huhn, Fisch) bis zum bedrohlichen und verfolgungswürdigen Untier (Wolf, Bär, Wildschwein, Fischotter). Vom (Anti-)Helden in Kinderbüchern (Wolf, Fuchs, Rabe, Hase, Igel) und Fernsehserien und Filmen (Delphin, Affe, Löwe, Känguru) bis zum spektakulären Schauobjekt Wild- und Raubtier (Löwe, Elefant, Nashorn, Tiger, Giraffe), das man nur aus Hochglanz-TV-Dokumentationen kennt. Die Beziehung zwischen Tier und Mensch hat sich über die Jahrhunderte immer wieder verändert und ist bis heute ein Verhältnis voller Missverständnisse und Widersprüche geblieben. Als Haustiere verwöhnt und gehätschelt, als Nutztiere gehalten bis der Mensch das Tier als Industriegut zu sehen begann und die modernen Tier- und Schlachtfabriken erfand. Als Wildtiere geduldet, bis sie dem nächsten Bauprojekt weichen, vor der nächsten Waldrodung flüchten oder als begehrtes Jagdobjekt herhalten müssen. Als vom Aussterben bedrohte Spezies unter Artenschutz gestellt, als bedrohlich-mordlustige und heimtückisch-diebische Bösewichte in Kinderbüchern und Märchen übel beleumundet und als beste Freunde mit Hundeblick und beruhigendem Schnurren vermenschlicht.

Das Mensch-Tier-Verhältnis ist eines der Dominanz und der Verdrängung, der Beherrschung und Ausbeutung und der Entfremdung. Der Mensch hat es bis heute nicht geschafft, im Einklang mit der Tierwelt zu leben. Über Jahrhunderte hinweg wurde die strikte Trennung zwischen der menschlichen und tierischen Spezies auch von Philosophen wie Rene Descartes und Immanuel Kant betrieben und verfestigt und dadurch eine einseitige und unumstößliche Repression der Tiere legitimiert. Die menschliche Zivilisation drang über Jahrhunderte hinweg immer aggressiver in die Lebenswelt der Tiere ein und beutete sie auf immer perfidere und barbarischere Weise in industriellen Strukturen aus. Der verfolgten und geplagten Spezies Tier wurden ihre Rechte verwehrt, weil man ihr lange Zeit Intelligenz, Weltbewusstsein und Moralfähigkeit absprach. Die moderne Tierethik versucht das zu ändern und fordert Rechte für Tiere, die sie in ihrer Verletzlichkeit moralisch ausreichend und fürsorglich berücksichtigen. Das Nebeneinander von Mensch und Tier muss sich Schritt für Schritt zu einem Miteinander entwickeln. Das Fundament dafür könnte eine aufgeklärte Solidarität mit der Tierwelt sein. Da gibt es weder einen Platz für die Vermenschlichung von Tieren noch Verständnis für Tierfabriken. Was unter Tierwohl zu verstehen ist, bedürfte einer genauen Regelung, die den Verlust von natürlichen Lebensräumen und kulturell tradierten Essgewohnheiten mitdenkt. Das Tier müsste mehr als Koalitionspartner und weniger als Kontrahent gesehen werden, die Lebensbedingungen stärker aufeinander abgestimmt werden und das Tier weniger in Heimtier und Nutztier getrennt, sondern als gleichberechtigtes Lebewesen anerkannt werden. Weniger Doppelmoral, mehr Erkenntnis, weniger Emotion, mehr Vernunft. Konflikte mit bestimmten Arten wären durch die Wahl des gelindesten Mittels zu lösen. Die gefährdeten Interessen des Menschen müssten stets den menschengemachten Ursachen gegenübergestellt werden. Das medial vermittelte Bild eines ausgehungerten Eisbären auf dem schmelzenden Floß einer Eisscholle genügt da nicht. Es gibt zahllose Beispiele zur Entlarvung des doppeldeutigen Umgangs mit dem Lebewesen Tier. Vom kulturgeschichtlichen Mythos vom bösen Wolf über das Vordringen von Wildtieren in den urbanen Lebensraum bis zur industriellen Verwertung von Tieren in Tierfabriken und Großschlächtereien. Die Klagen über das schadhafte Treiben von Biber, Fischotter, Luchs, Wolf oder Bär verschweigen die Verantwortung und Mitschuld des Menschen für die aus den Fugen geratenen Lebensgrundlagen der Tiere. Stets widersprüchlich und bizarr blieb das Mensch-Tier-Verhältnis auch im Kunstbetrieb. Bestes Beispiel dafür war die dauerhafte Empörung über das Orgien-Mysterien-Theater von Hermann Nitsch, der sich dafür auch geschlachteter Tiere bediente. Dass der Künstler der Würde des Tieres tatsächlich mehr Respekt entgegenbrachte als die große Mehrheit der mit großer Lust und Freude Fleisch fressenden Empörungsgesellschaft, macht das Ganze besonders skurril und moralisch fragwürdig. Das Verhältnis zu und der Umgang mit Tieren verrät wohl mehr über den Menschen als ihm lieb ist. Tiere können ein Segen sein, aber auch Schrecken verbreiten. Der Autor dieser Zeilen ist weit davon entfernt, Tiere und ihre Natur zu verklären. So schön und wild-romantisch vieles in Büchern und in Fernsehdokumentationen auch erscheinen mag – nach tatsächlichen Begegnungen mit Wölfen, Bären, Wildschweinen, ja sogar mit Kühen oder Vollblutpferden auf Wiesen und Almweiden gerät man schnell an seine Grenzen. Ein aufgeklärter, empathischer und tiergerechter Umgang mit Tieren erkennt und akzeptiert Grenzen und Unterschiede. Aber er versucht Tiere als wertvolle Lebewesen und kostbare Geschöpfe zu behandeln. Die Haltung von Nutz- und Haustieren sollte immer tiergerecht und human sein. Das Töten von Tieren sollte immer die unvermeidliche Ausnahme, nie die unhinterfragte Regel sein. Es ist ein moralisch-ethischer Unterschied, ob ich ein Tier aus Jagdlust töte oder weil ich es von Krankheit und Leiden befreie. Es ist ein moralisch-ethischer Unterschied, ob in Großschlächtereien tagaus, tagein, wie am Fließband Tiere getötet werden oder auf dem Hofgelände dann und wann. Und sogar ob das unvermeidlich ist, wage ich zu bezweifeln.

Dass man sich gesund und schmackhaft ernähren kann, ohne ein Tier zu töten und zu essen, ist eine Tatsache. Dass auch Hausschlachtungen einer barbarischen Handlung gleichen, kann ich bezeugen. Ich bin auf dem Land mit Nutz- und Haustieren aufgewachsen und weiß worüber ich schreibe. Der dumpfe Klang der auf dem Schweineschädel auftreffenden Axt – der Schlag musste mitunter zwei bis drei Mal wiederholt werden – und der Blutschwall aus dem Hals des mit einem großen Messer abgestochenen Schweines, sowie der Gestank der in zwei Hälften geteilten und ausgeweideten Sau sind meine traumatischen Kindheitserinnerungen an das Töten eines Tieres. Diese Bilder begleiteten mich meine gesamte Kindheit und Jugend und ließen mich später zum überzeugten Vegetarier werden. Lästige Wespen, Bienen und Fliegen versuche ich zu negieren oder zu verscheuchen. Sehr lästige Gelsen erschlage ich manchmal. Auch ich habe noch nicht zu hundert Prozent gelernt, mit Tieren zu leben.

Songs zum Thema:

Melanie Safka „I Don´t Eat Animals“
Iggy Pop „I Wanna Be Your Dog“
Warren Zevon „Werewolves Of London“
The Cure „Lovecats“
The Dead Weather „I Cut Like A Buffalo“
Suede „We Are The Pigs“
Lou Reed „Animal Language“
Eels „I Like Birds“
Beach House „Zebra“
Blumfeld „Tiere um uns“
Steve Miller Band „Fly Like An Eagle“
Prince & The Revolution „When Doves Cry“
Kante „Die Tiere sind unruhig“
Pixies „Monkey Gone To Heaven“
Loudon Wainwright III „Dead Skunk“

Wilhelm Hengstler

Lizard

Ich hasse meine Mutter. Sie ist eine starke Raucherin mit einem Aschenbecher bis zum Rand voll Ressentiments. Als ihr Idol *Jim* dem Vernehmen nach in einer Badewanne an Herzversagen stirbt, variiert sie in einer Art gutmütigen Träumerei die Worte von James Boswell, mit denen dieser wiederum Samuel Johnson zitiert. Aber *Jim* ist nicht tot. Nein, *Jim* kann nicht gestorben sein. Dann kommt ihr Originalton: Seine Songs waren und sind meine Flucht, mit ihnen wage ich den Aufbruch, sie bieten mir eine letzte Zuflucht...

Run with me
Run with me
Run with me
Let`s run

Ohne Geld folgen wir *Jim* in den leuchtenden Westen. Die alten Lokomotiven des Ostens auf den nächtlichen Bahnhöfen stehen unter Dampf, wir schlafen in kalten Waggons. Ab und zu geht meine Mutter quer über die Gleise, um Zigaretten zu schnorren oder sich für die Schlafplätze erkenntlich zu zeigen.

Once I had, a little game
I liked to crawl back into my brain

Auf dem Friedhof Père Lachaise wimmeln *Lizards* durchs Gras oder sonnen sich auf den Grabsteinen. Anstelle von *Jim*s Grab finden wir nur einen kleinen, asiatischen Löwen aus Metall; ein Gewicht für Opiumhändler, wie meine Mutter als Raucherin weiß. Später entdeckt sie in ihrem Reiseatlas ein Land mit den Umrissen einer plattgewalzten Eidechse und unendlich langem Schwanz. Aber was bedeutet das?
Alles geschieht in der Zeitspanne, die ein Wasserbüffel braucht, um seinen Kopf unter dem Joch zu heben... unendlich langsam. Schnell werden wir Teil dieses Landes, in dessen Norden die Montagnards Opiumhandel und den Schmuggel

von Diamanten betreiben. Meine Mutter kann sich nicht satt sehen, alles ist kalt und bunt. Die Leute hier führen seit Generationen Krieg gegen die Militärjunta. Nicht dass die Armee sie nicht besiegen könnte, aber dieser Sieg kostete mehr, als er wert wäre. Meine Mutter schenkt einem Schamanen eine Schachtel Zigaretten, zum Dank bläst er ihr seinen Atem auf die Stirn. *Jim*? Unter der unheimlichen Gesichtstätowierung kann ich niemanden erkennen.

Wir umfahren Bagan und Mandalay. Viel zu spät gelangen wir an den Irawadi, die Fähre legt schon am jenseitigen Ufer an. Das Licht auf dem Wasser bildet ein flirrendes Netz aus Milliarden *Lizards*. Meine Mutter hebt die Arme und gleitet mit einem Seufzer in die Wellen. Ich schäme mich für die Schweißflecken unter den knappen Ärmeln ihres Dirndlkleides. Auch in dem Heiligtum drüben, einem schwarzen Quader wie aus Kubricks 2001, keine Spur von *Jim*. Die Hütten entlang der Piste stehen wegen der Ratten und Schlangen auf Pfählen, alles ist offen. Ich kaufe mir eine Flasche schwarz gebrannten Palmschnaps, er öffnet the doors of perception, mancher erblindet aber auch seinetwegen. Ein Erdrutsch hat die Piste verschüttet, unendlich langsam steuern wir über den Lehm, um nicht mit dem Wagen abzustürzen. Die Reisenden retten sich mit einem Sprung ins Unterholz, sooft eine Militärkolonne vorbeiprescht. Getankt wird, indem geschmuggeltes Benzin mittels eines Plastikschlauches aus Kanistern am Straßenrand angesaugt wird. Meine Übelkeit rührt vom Treibstoff her, nicht von diesem widerlichen Palmschnaps. Kaum lichtet sich der Dschungel, wird in der Sonne alles schwarz. CD-Scheiben auf den Lenkstangen der Fahrräder, die uns entlang der Bewässerungskanäle entgegenkommen, blenden wie Scheinwerfer in der Nacht.
We came down the rivers and highways
We came down from forests and falls

Meine Mutter, die niemals aufgibt, will ihr Glück in der Hauptstadt versuchen. Wir steigen stadtauswärts in einem

mickrigen Schuppen namens *Green Hotel* ab.
Tomorrow we enter the town of my birth

Auf dem großen Markt erwerbe ich eine jener dünnen Jacken aus schwarzer Rohseide, in denen die hiesigen Männer so elegant wirken. In der großen Pagode hoch über der Stadt vermeinen wir unter all den Glöckchen und Gebeten *Jim*s belegte und gleichzeitig samtene Stimme von Ferne zu vernehmen. Meine Mutter will das in „The Strand" begießen, das einstmals fast so berühmt wie das „Raffels" war. Wir trinken bis zur Sperrstunde „Singapore Slings" und müssen dann auf einer stockdunklen Straße Ausschau nach einem Taxi halten. Die Fahrt scheint kein Ende zu nehmen, bei Tag habe ich nicht bemerkt, dass wir so weit gefahren sind. Glücklicherweise habe ich mir die Adresse des *Green Hotel* aufschreiben lassen. Plötzlich schlägt etwas gegen den Wagen, dann ein durchdringendes Heulen. Wir fahren weiter ohne anzuhalten. Im Rückfenster sehe ich ein Wesen mit einem sehr langen Schwanz auf der Straße liegen. Hund oder *Lizard* bleiben schnell in der Dunkelheit zurück. Ist er tot? Meine Mutter birgt ihr Gesicht an meiner Brust und mir ekelt vor dem Zigarettenrauch in ihrem Haar. Aber er ist nicht tot! Nein, er kann nicht gestorben sein.
I think you know the game I mean
I mean the game called ‚go insane.

Die Rezeption des Hotels scheint irgendwie verändert, wo waren wir nur gelandet? Das ist doch das Green Hotel? Der Portier prüft meinen Zettel, der Name stimmt, aber es handelte sich um ein anderes Hotel. Der Rezeptionist wechselt ein paar Worte mit dem Fahrer und wir steigen missmutig zurück ins Taxi. Meine Trunkenheit verwandelt sich in eine schier unerträgliche Müdigkeit, die mich im Schoß meiner Mutter weinen macht. Die Knöpfe ihres Mieders drücken sich in mein Gesicht, bis der Fahrer plötzlich mit einem Wimmern abbremst. Das Wesen von vorhin, halb Hund, halb *Lizard* kauert im Scheinwerferlicht auf den Hinterkeulen, seine Flanken bluten und der lange, dünne Schwanz zuckt in dem Rinnsal, das aus seinem Penis herausfließt. Meine Mutter öffnet den Wagenschlag, aber noch ehe sie einen Fuß auf die Straße setzten kann, erhebt sich das Wesen und trottet zurück in die Dunkelheit. Der Fahrer gibt erleichtert Gas und rast entlang des im Finstern metallisch wirkenden Flusses weiter. Als wir endlich beim *Green Hotel* ankommen, feilscht er nicht lange um den Fahrpreis, sondern macht sich so schnell er kann davon.

Wir sind nicht überrascht, als uns der Inhaber in vorzüglichem Englisch auseinandersetzt, dass wir keineswegs bei ihm eingecheckt haben. Aber er kenne noch ein Green Hotel, dieses sei allerdings weit entfernt und ein Taxi um diese Zeit…? Wir könnten aber seinen Hausdiener fragen, der früher Rikschafahrer gewesen sei. Beim Anblick des ausgezehrten Mannes kommen meiner Mutter und mir Zweifel, aber was bleibt uns anderes übrig? Der Rikschamann trabt durch eine tropische Dunkelheit, die sich mal auf einen Punkt zusammenzieht, dann wieder ins Unendliche ausdehnt. Für einen Läufer ist die Strecke viel zu lang, der Rhythmus, in dem die Flip-Flops auf den Asphalt klatschen, wird immer schwerfälliger, bis das Tap-Tap von Hundepfoten in ihn einfällt. Meine Mutter umklammert erregt meinen Arm, das unheimliche Wesen ist wieder da, setzt sich vor die Rikscha und gibt dem Läufer ein mitleidloses Tempo vor.

Wenigstens besteht am Ende dieser Nachtfahrt kein Zweifel, dass wir im richtigen Hotel gelandet sind. Der Rikschafahrer weint vor Erschöpfung und will mehr Geld. Während ich ihm dieses höhere Entgelt vorenthalte, geht meine Mutter hinauf auf das Zimmer. Noch Jahre später wird mich meine Unnachgiebigkeit gegenüber dem alten Mann quälen, der sich schließlich mit mir und der Welt zerfallen auf seinen Heimweg macht.

Is everybody in?
Is everybody in?
Is everybody in?

Als ich meiner Mutter hinauf in das Zimmer folge, frage ich mich wo das unheimliche Wesen geblieben ist. Durch einen Türspalt dringen Licht und gedämpfte Geräusche heraus auf den Gang. Meine Mutter hat sich auf das Bett hingefläzt, ihr fleischfarbenes Unterkleid hochgeschoben und ein Knie angewinkelt. Das Wesen zwischen ihren Beinen, Hund, *Lizard* oder was immer, dreht sich zu mir um, wobei sich der lange, dünne Schwanz mitdreht: Mach die Tür zu, Kleiner. Die Stimme ist tief und rau und gleicht in nichts jener, die *Jim* zu einem Idol hat werden lassen. Meine Mutter kichert und benetzt eine Laufmasche in ihrem Strumpf mit Speichel. Auf dem Boden liegen schwarze Lederhosen, ein Netzhemd und ein mit schweren Silberbuckeln verzierter Gürtel. Er bläst mir den Rauch der Zigarette ins Gesicht, die ihm meine Mutter zwischen die Lippen gesteckt hat: Und räum die Sachen auf! Als ich zögere, knallt er mit dem langen Schwanz wie ein Zirkusdirektor mit der Peitsche. Meine Mutter lacht entzückt auf. Wie ich sie hasse!
The ceremony is about to begin!

Irene Diwiak

Schachows Hund

Nachdem seine Frau ihn verlassen hatte, durchlief Schachow in schneller Abfolge sämtliche Phasen der Trauer. Erst leugnete er: Es könnte ja wohl nicht wahr sein, dass seine Frau tatsächlich mit dem muskulösen, südländisch aussehenden Kerl durchgebrannt war, der bei ihnen in der Zeitungsredaktion die Kaffeeautomaten wartete. Es gab nichts, was sie, eine junge, hochgebildete Musikkritikerin mit diesem verhinderten Bauarbeiter gemeinsam haben konnte, sagte sich Schachow. Mit dem Neuen würde sie nicht in die Oper gehen können, das würde sie auf Dauer schon noch nerven und dann käme sie zu ihm, Schachow, zurück. Der Gedanke daran erfreute ihn aber nur kurz, gleich darauf ergriff ihn nämlich die Wut: Schachow ließ sämtliche Klassik-CDs seiner Frau (sie war jünger als er, er sammelte noch Platten) am Fußboden zerschellen. Der Hund schaute ihm dabei indifferent sabbernd zu. Der Hund war eigentlich der Hund seiner Frau und eine außergewöhnlich hässliche Promenadenmischung, den sie vor bösen Hundefängern von den rumänischen Straßen gerettet hatte. Das jedenfalls behauptete sie, Schachow hingegen meinte, sie wäre auf die billigen Tricks illegaler Hundezüchter hereingefallen. Sie hatten einen fürchterlichen Streit deswegen. Seine Frau bestand damals zwar stur auf der Meinung, sie hätte eine Heldentat begangen, mochte den Hund aber hinterher merklich weniger, und nun hatte sie ihn gerade so allein zurückgelassen wie ihren Ehemann. Der Hund trug den Namen Mozart, weil es den Hund namens Beethoven schon gab. Schachows Frau hatte das entschieden, und während Schachow auf die Scherben der CDs und das unansehnliche Tier hinunterblickte, das es sich ungestört in all dem Chaos bequem gemacht hatte, begann er mit sich selbst zu verhandeln. Es war schon wahr, dass seine Frau auch mit ihm niemals in die Oper gehen hatte können, weil er diese schrille Affektiertheit, die sich Hochkultur nannte, nicht leiden konnte und diesem Missfallen stets lauthals Ausdruck

geben musste. Wenn es nach ihm ginge, hätte der Hund Led Zeppelin oder Deep Purple geheißen, das war in seinen Augen ehrliche Musik, ohne diese ganzen gepuderten Perücken und wenn doch einmal, dann ausschließlich ironisch gemeint. Deswegen, dachte Schachow, hatten seine Frau und er sich ja so gut ergänzt, schon in der Zeitungsredaktion, wo sie über Klassik schrieb und er alles aburteilte, was sich dem schier unendlichen Kosmos der Popkultur zurechnen ließ. Wenn seine Frau sich nun aber doch entschließen sollte, zu ihm zurückzukehren, so schwor Schachow seinem Hund, würde er andauernd mit ihr in die Oper gehen. Er würde Oratorien und Liederabende über sich ergehen lassen. Er würde niemals wieder sagen, dass Lennon und McCartney bedeutendere Komponisten waren als Johann Sebastian Bach. Er würde seiner Frau die eigentlich ihm zustehende Doppelseite in der samstäglichen Feuilleton-Beilage überlassen, und nie mehr den Namen Dvořák falsch aussprechen. Kurz und gut, er würde all seine Ansichten sowie seine gesamte Persönlichkeit ändern, wenn seine Frau nur zu ihm zurückkehrte. Allerdings war diese nicht einmal ins Büro zurückgekehrt, seit sie mit ihrem Lover durchgebrannt war. Schachow auch nicht, deshalb gab es einfach überhaupt keine Musikkritiken mehr in der Zeitung, und es schien niemanden zu stören. Mozart blickte traurig vor sich hin und sabberte.
Wenig später schlug die Depression zu. Schachow lag auf der Couch, im Plattenspieler drehten sich die *Songs of Love and Hate*. Er ging durch eine Lawine, die seine Seele verschüttete, die Liebe rief ihn bei seinem Namen und was konnte er seinem Bruder, seinem Killer, dem Kaffeeautomatenkerl noch sagen?

"Yes, and thanks, for the trouble you took from her eyes
I thought it was there for good so I never tried."

Mozart gähnte. Und dann begann Schachow endlich zu akzeptieren. Es war schon wahr, dass er sich nie so sehr um seine Frau bemüht hatte, wie er es vielleicht hätte tun sollen. Aber sie hatte sich auch nicht um ihn bemüht. Sie hatten einander gar nicht ergänzt, wie er es sich immer einzureden versucht hatte, sie hatten einfach nicht zusammengepasst. Sie wollte ausgehen, wenn er lieber mit ihr allein zu Hause geblieben wäre. Wenn er einen gemeinsamen Spaziergang mit Mozart vorschlug, musste sie sicher gerade zur Yogastunde oder zum Tennis. Er mochte ihre Familie nicht und sie hasste seine Freunde. Nicht einmal der Sex war besonders gut gewesen. Ihre körperliche Zuneigung vermisste er nicht im Geringsten. Im Gegenteil begann er, seine neu gewonnenen Freiheiten zu genießen, und jede intime Interaktion mit einer seiner Zufallsbekanntschaften schien ihm auf Anhieb befriedigender zu sein als die vielen Jahre an der Seite seiner Frau. Was also war es dann, was er so schmerzhaft vermisste? Denn auch, als er die Trennung tatsächlich voll und ganz akzeptiert hatte, fehlte ihm etwas. Er ging wieder ins Büro, sie nicht, er schrieb seine Konzert- und Albumkritiken, sie Postkarten aus Bali an die früheren Arbeitskolleginnen. Diese versuchten die Urlaubsgrüße mehr schlecht als recht vor Schachow zu verstecken, wobei das doch gar nicht mehr notwendig war, er dachte mittlerweile nur noch selten an seine Frau. Tatsächlich wäre Schachow sogar einigermaßen glücklich gewesen, wenn, ja, wenn da nicht diese eine Sache wäre, die er nicht benennen konnte.

„Was ist es bloß", fragte er eines Abends Mozart, „was meine Frau mir gegeben hat, was mir kein Kumpel, keine Liebschaft und kein Hund geben kann?"

Schachow redete häufig mit dem Hund, seit seine Frau fortgegangen war. Er redete sogar häufiger mit ihm, als er jemals mit seiner Frau geredet hatte. Mozart antwortete zwar nie, aber er hörte zu. Er flatterte ein wenig mit seinen Hängeohren, blinzelte mit seinen Triefaugen und ließ die Zunge heraushängen. Ja, der Hund hörte eindeutig zu. Und da traf Schachow die Erkenntnis: Was ihm seit der Trennung so sehr fehlte, war das Miteinanderteilen der Liebe zur Musik. Seine Frau und er hatten einen geradezu gegensätzlichen Musikgeschmack. Sie mochte es kunstvoll virtuos, er laut und dreckig. Romantik war für sie eine Epoche des 19. Jahrhunderts, für ihn *Songbird* von Fleetwood Mac. Sie verehrte den *Ring der Nibelungen*, er hörte lieber *The Ring of Fire*. Musik war immer ein Quell endlosen Streits gewesen zwischen ihnen. Und doch, das spürte Schachow jetzt erst deutlich: auch ein Quell endloser Freude! Denn niemandem, den er sonst kannte, war Musik so wichtig wie ihm selbst – und eben seiner Frau. Die Liebe zur Musik war bei allen Differenzen die eine, große Gemeinsamkeit, die sie aneinandergebunden hatte, und jede einzelne ihrer zahlreichen Diskussionen war in Wahrheit nur ein Beteuern ihrer Zusammengehörigkeit gewesen. Schachow blickte auf Mozart hinunter. Er hatte eine Idee. Wie man einem Tier ein Kunststück beibringen konnte, so musste man ihm ja auch den Kunstgenuss beibringen können. Da Mozart offensichtlich hören, sogar zuhören konnte, müsste er ja genauso gut Musik hören können. Und, dies war der entscheidende Punkt: Er müsste auch einen Musikgeschmack entwickeln können! Schachow wurde ganz aufgeregt, er rannte zum Plattenspieler. Er griff nach dem ersten Album, das er in die Finger bekam, *The Freewheelin' Bob Dylan*.

How many roads must a man go down,
Before you can call him a man?
The answer my friend is blowing in the wind,
The answer is blowing in the wind.

Mozart schaute aus triefenden Augen, flatterte kurz mit den Ohren und sabberte unbeirrt weiter. Schachow war ein klein wenig enttäuscht von dieser tierischen Ignoranz. Dabei war es selbstverständlich unwahrscheinlich gewesen, dass gleich der erste Versuch Mozart aus der Reserve lockte. Schachows Frau hatte Bob Dylan auch nicht gemocht. Sie meinte, er träfe die Töne nicht. Als ob es darum ginge bei Musik – ach, was hatten sie gestritten darüber, wie schön war das gewesen! Mozart hingegen schien sich nicht weiter an dem Gesang zu stoßen, aber es gab auch keinerlei Anzeichen dafür, dass ihm die Nummer gefiele. Schachow schaltete den Plattenspieler wieder aus. Bob Dylan also war es nicht vergönnt, Mozart zum Musikliebhaber zu machen. Nun, da Schachow etwas länger darüber nachgedacht hatte, musste er zugeben, dass dies kein Wunder war. Bob Dylans Genialität zeigte sich ja vor allem in den Texten, die für einen Hund vermutlich reichlich unzugänglich waren. Und selbst wenn Mozart die menschliche, außerdem englische und lyrische Sprache perfekt verstehen würde, dürfte ihn die Frage, wie oft ein Mann die Straße entlanggehen müsste, um ein Mann genannt werden zu können, wohl recht wenig interessieren. Es sei denn vielleicht, es handelte sich dabei um ein Lied übers Gassigehen, aber das tat es nun einmal nicht. Der Hund war mit diesem Lied nicht gemeint, und das musste er instinktiv spüren. Es war ein äußerst ideenreicher Abend für Schachow, denn nun fiel ihm wieder etwas ein. Dafür musste er allerdings über seinen Schatten springen. Er schaltete seinen Laptop ein und lockte sich im Spotify-Account seiner Frau ein. Dabei fühlte er sich sehr schmutzig. Nicht, weil es ihm seine Frau etwa verboten hätte, sonst hätte sie ihm ja niemals ihr Passwort gegeben. Aber für jemanden, der seit seinem sechzehnten Lebensjahr sein gesamtes Selbstbewusstsein aus dem Umfang seiner Plattensammlung bezog, fühlte Spotify sich an wie ein mieses Bordell. Mit erröteten Wangen gab Schachow schnell *Musik für Hunde* in das Suchfeld ein. Er war sich nicht sicher, ob er etwas finden würde, aber wie in einem Bordell war auch auf Spotify einfach alles zu haben. Nicht nur eine, sondern gleich mehrere Playlists versprachen „Entspannende Musik für Hunde", „Einschlafmusik für Hunde", „Musik für Welpen". Schachow betrachtete Mozart: Er wirkte nicht, als hätte er Entspannung nötig, er hatte es sich mittlerweile nämlich in seinem eigenen Gesabber gemütlich gemacht und streckte alle Viere von sich. Allerdings war er eindeutig kein Welpe mehr und Einschlafen sollte er möglichst auch nicht, also klickte Schachow die „Entspannende Musik für Hunde" an. Gleich darauf verzog er das Gesicht. Er erinnerte sich an das erste und einzige Mal, an dem er sich von seiner Frau zu einem Wellnessurlaub hatte überreden lassen. In einem pseudo-asiatisch eingerichtetem Raum hatte ihm dort ein sehr dicker Mann den Rücken durchgeknetet, während über Lautsprecher an der Decke genau solche Klänge erschallten, wie sie jetzt aus dem Laptop zu hören waren: Sphärisches Rauschen durchzogen mit seltsam unzusammenhängenden Einzeltönen, die sich anhörten, als würden sie entweder mit einem langen Rohr geblasen oder auf einem Glockenspiel geschlagen werden. In Wahrheit handelte es sich dabei natürlich um nichts anderes als die künstlichen Erzeugnisse eines Synthesizers. Anscheinend empfanden nicht nur Hunde, sondern auch die meisten Menschen eine solche Geräuschkulisse als entspannend, während sie Schachow geradezu körperliche Schmerzen bereitete. Mozart schien unter diesen Klängen zwar nicht besonders zu leiden, sie entspannten ihn allerdings auch nicht übermäßig, er wackelte einmal kurz mit den Ohren und sabberte wie immer. Schachow war ein wenig erleichtert. Es war für ihn schlimm genug gewesen, wenn seine Frau ihm von Zeit zu Zeit ihre Symphonien aufgedrängt hatte. Sich nun dem Hund zuliebe auch noch esoterische Fahrstuhlmusik hineinzuziehen, ginge ihm dann doch entschieden zu weit. Überhaupt, erinnerte sich Schachow, wollte er dem Hund den Musikgeschmack ja erst anerziehen, und warum sollte er das nicht gerade mit jenen Werken versuchen, die er selbst so verehrte? Gut, das mit Bob Dylan hatte nicht funktioniert, aber Bob Dylan war ja nicht der Einzige, der gute Songs schreiben konnte. Schachow eilte zu seinem Plattenregal, wo tausende Lieder von hunderten Künstlern auf Vinyl gepresst verwahrt lagen und auf ihren nächsten Einsatz warteten. Aber wo beginnen? Noch einmal warf Schachow einen nachdenklichen Blick auf das kleine, hässliche Tier, das nun begonnen hatte, an einem Zipfel des Teppichs herumzukauen. Der Geschmack eines Hundes, der sich noch nie Gedanken über Musik gemacht hatte, überlegte Schachow, müsste noch am ehesten zu vergleichen sein mit dem Geschmack eines Kindes, das sich ja ebenfalls noch nie Gedanken über Musik gemacht hatte. Er versuchte sich daran zu erinnern, was er selbst als Kind gerne gehört hatte, und ließ dabei gedankenvoll seine Finger über die Albenrücken gleiten. Kurz hielt er beim Soundtrack zu *Yellow Submarine* an, immerhin mochten alle Kinder Zeichentrick und eingängiges Gegröle. Er konnte sich dann aber doch nicht dazu überwinden, das Album herauszunehmen. Immer, wenn er mit der Superiorität von Lennon/McCartney über alle anderen Komponisten der Menschheitsgeschichte ankam, benutzte seine Frau *Yellow Submarine* als Totschlagargument dagegen, und dem hatte er dann nichts entgegenzusetzen. Schachow tastete sich in der Beatles-Abteilung weiter und erreichte nun das *White Album*. In seinen Augen enthielt es einige der besten Lieder aller Zeiten, er glaubte sich aber daran erinnern zu können, dass ihm als Kind ausgerechnet *Ob-La-Di, Ob-La-Da* ganz besonders gut gefallen hatte. Er blickte noch einmal zu Mozart, der schon wieder vom Teppich abgelassen hatte und nun geistlos ins Leere starrte. Ja, urteilte Schachow, *Ob-La-Di, Ob-La-Da* war genau das Richtige für dieses Vieh, jedenfalls einmal für den Anfang. Er legte also die Platte auf und beobachtete Mozart gespannt. Allerdings schien auch das gefällige Lalala-Geplärre den Hund nicht besonders zu begeistern. Außer seinem üblichen Ohrenwackeln war keine Regung zu erkennen, Sabber tropfte wie eh und je aus seinem Maul. Schachow wollte aber noch nicht aufgeben, er ließ die Platte einfach laufen: Das anarchistische Geschrei mit verstellten Stimmen bei *Wild Honey Pie* hatte er als Kind irre komisch gefunden. Mozart nicht, er sabberte nur. Auch *The Continuing Story of Bungalow Bill* lockte ihn bei aller Ohrwurmqualität nicht aus der Reserve. Vielleicht war Mozart doch ein Hund mit von Natur aus erhabenem Geschmack, dachte Schachow schon ein klein wenig verzweifelt, dann würden ihm sicherlich traumhaften Harmonien von *While my Guitar Gently Weeps* endlich eine Reaktion abringen! Aber nein, auch George Harrison konnte nicht an Mozarts musikalischer Ignoranz rütteln. Schachow drehte stur die Platte um und versuchte es mit der zweiten Seite. Und da geschah nun plötzlich das große Wunder: Gerade erst waren die ersten paar Klavier-Akkorde von *Martha, My*

Dear erklungen, da sprang Mozart auf seine vier Beine und begann so wild mit dem Schwanz zu wedeln, als wollte er sein ganzes Hinterteil von sich schütteln. Schließlich begann er sogar im Takt der Musik zu bellen, und Mozart gab nur bei außergewöhnlicher Erregtheit andere Laute als Schnarchen, Gähnen oder Flatulenzen von sich. Schachow war im ersten Moment ein wenig überrascht: Nun war *Martha, My Dear* zwar nicht *Yellow Submarine*, aber sicherlich auch keines von McCartneys Glanzstücken. Nachdem er allerdings eine Weile darüber nachgedacht hatte, ergab natürlich alles einen Sinn: Paul McCartney hatte den Song immerhin für seine Hündin geschrieben.

Take a good look around you
Take a good look, you're bound to see
That you and me
We're meant to be for each other
Silly girl!

Kein Wunder, dass ein zwar alter, unattraktiver, aber immerhin doch noch männlicher Hund sich für so ein „silly girl" wie Martha begeisterte! *Look what you've done!* Schachow fiel ein, dass McCartney für seine Folgeband *The Wings* auch einen Song über seinen Folgehund geschrieben hatte: Jet. Hastig suchte er nach dem dazugehörigen Album. Und tatsächlich, Jet schien Mozart ebenfalls zu erreichen, wieder wedelte er mit dem Schwanz, wenn auch nicht ganz so euphorisch wie zuvor. Schachow setzte sich erneut an den Laptop und gab nun „Songs, die über Hunde geschrieben wurden" in die Suchmaschine ein. Tatsächlich wurde er fündig, und die meisten der genannten Lieder befanden sich sogar irgendwo in den Untiefen seiner Plattensammlung. Er spielte Mozart zuerst *Seamus* von Pink Floyd vor, in welchem Hunde sogar eine musikalische Rolle spielten, dann Neil Youngs *Old King* und Dolly Partons *Cracker Jack*. Mozart wedelte fröhlich mit dem Schwanz und bellte jedes Mal, wenn auch McCartneys Martha seine unangefochtene Favoritin blieb.

Von da an gab es für Schachow und seinen Hund nur noch ein Thema: Musik. Und natürlich stritten sie fürchterlich, denn Mozart blieb in seinen Urteilen ebenso stur, wie Schachows Frau es stets gewesen war. Schachow konnte ihm stundenlang fundierte Vorträge darüber halten, warum *Martha My Dear* eben nicht der beste Song der Beatles und schon gar nicht der beste Song aller Zeiten war, Mozart blieb unbeirrbar bei seiner Meinung. Und jedes Lied, das nicht von einem Hund handelte, wurde von ihm sowieso von vornherein verurteilt und mit Indifferenz bestraft. Das regte Schachow auf, wie ihn früher nur seine Frau aufregen hatte können, und das war ganz wunderbar! Er vermisste sie nicht mehr im Geringsten. Und wenn er ausnahmsweise in einer versöhnlichen Stimmung war, legte er extra für Mozart Hundelieder auf und erfreute sich einfach an dem fröhlichen Schwanz-Gewedel. Nur ausgerechnet *I love my Dog* von Cat Stevens konnte Mozart überhaupt nicht leiden, im Gegenteil, er begann sogar jedes Mal zu knurren, sobald die ersten Töne dieses Liedes erklangen. Aber das, mutmaßte Schachow, hatte wohl nichts mit der Musik, sondern ausschließlich etwas mit dem Vornamen des Interpreten zu tun.

Franzobel

Die Schule der Tiere. Eine Tirade

Es kann nichts passieren, hat man gesagt. Alle Tiere sind im Gehege, hinter Gittern, elektrisch geladenen Drähten, gut verwahrt. Die Löwen und Brillenbären hinter Panzerglas, Stahltüren, sogar der Baum bei den Geparden ist gesichert, damit keine dieser Bestien auf sprunghafte Gedanken kommt und heraus klettert. Dabei können Geparden, heißt es, gar nicht springen.
Beim Affenkäfig stehen noch Besucher, sehen den Totenkopfäffchen zu, wie sie in der Holzwolle nach Obststücken und Raupen wühlen.
-Was ihnen nicht schmeckt, lassen sie fallen, höre ich eine Frau.
-Der Willi hat das auch immer gemacht, sagt eine andere.
Wenn die wüssten, dass die Ranghöheren ihre Untergebenen mit Pisse einreiben, um sie zu markieren, wären sie vorsichtiger, diese Affen mit ihrem Willi zu vergleichen.
Besucher streben immer jenen Tieren zu, die ihnen am ähnlichsten sind. Die korpulenten Alten mit den Ledercouchgesichtern, denen man ansieht, dass sie einmal Chef gewesen sind, stehen bei den Bisons. Kinder lieben Äffchen, aufgetakelte Frauen den Mandrill, das bunteste Säugetier der Welt, und die Verwachsenen, die selbst uneins mit sich sind, zieht es zum Tapir, dieser Mischung aus Schwein und Pferd mit dem Kabelzangenrüssel.
-Links, zwei, drei, vier, kommen mir marschierende Mädchen entgegen.
-Langsam, brüllt ein Vater hinterher. Links, zwei, drei, vier.
Und ein Opa meint zu seinem Enkel:
-Schau, das ist der böse Wolf, der hat die sieben Geißlein aufgefressen.
-Schleck nicht alles ab, reißt die Oma das Kind vom Zaun und denkt dabei vielleicht an den Widder, der ständig am Arsch des Ziegenbockes hängt. Wenn der Papst wüsste, welche Unzucht in so einem Tierpark herrscht, er würde einen Missionar schicken, einen Nothelfer für die unartige Kreatur bestellen,

den Tieren Weihwasser in die Tränken schütten und ihnen Rosenkränze um die Hälse binden.
Eine Mutter bemüht sich, die Wespen, die einzig wirklich gefährlichen Tiere hier, die um alles Fleisch und Süße kreisen, von ihrem Baby fernzuhalten. Als sie mich sieht, kommt sie mitsamt ihrem Kinderbuggy auf mich zu und fragt:
-Babykappl. Ich such a Babykappl.
-Babyklappe? Wir sind ein Tiergarten, kein Spital.
-Nicht Klappe, Kappe. Ist ein rosarotes Kappel abgegeben worden? Eine Schirmkappe für Babys.
Ich weiß es nicht und schicke sie, obwohl ich sicher bin, dass sie längst geschlossen hat, zur Kasse.
Zwei Jugendliche erklären ihrem ungläubigen kleinen Bruder die Tiere:
-Schau, da sind die Quartiere. Und hier die Musketiere. Das sind Taktiere. Küchentiere. A Dicke und a Tiere. Die kommen alle aus der Tierkei. Oder aus Tirol. Die schnellsten Tiere sind die Tierannen. Und dann gibt es noch das Tiramisu. Sie lachen. Sie lachen so laut, bis ihnen ihr Vater zuruft:
-Die Leute schauen schon.
-I schaum mi eh, sagt ein Jugendlicher.
-Wie a Schaumbad schaum i mi, kichert der andere.
Patsch!, hat ihnen ihr Vater schon eine geknallt.
Die Österreicher haben so viel Respekt vor der Meinung ihrer Nachbarn, vor allem aber vor der Obrigkeit, dass sich die meisten nicht einmal bei einem Kellner etwas zu bestellen trauen, geschweige denn sich erlauben, über das Erhaltene, selbst wenn es ungenießbar war, zu beschweren. Auch dann nicht, wenn der Kellner aus Osteuropa kommt und also einer ist, dem sich die Österreicher per se überlegen fühlen.
Sogar meine lächerliche Uniform ringt ihnen Ehrfurcht ab.
-Wir schließen, sage ich, woraufhin die letzten Besucher Richtung Ausgang schlendern. Während also die einen Tiere ihre fetten, verwachsenen Leiber zu den dunkelgrünen wie Eierschneider verzahnten Drehkreuzen schleppen, sich hinauswinden, in ihre großen grauen Autos steigen, um zu ihren von Lärmschutzwänden geschützten und mit Isoliermaterial

eingedämmten Häusern zu fahren, sich vor Fernseher setzen, mit Instantnahrung mästen, atmen die anderen, die Tiere im Zoo nun auf. Endlich keine Augenpaare mehr, die sie anstarren, keine Kameras und Finger mehr, die auf sie zeigen, auch keine Gesichter, die sich lustig machen, blöde lachen. Endlich Ruhe. Der Abendwind verbläst die Hitze des Tages und alle genießen die sanftwütige Dämmerung. Die Ziegen im Streichelzoo schreien Mähh. Mähh.
-Und Eier und Milch, antworte ich, was sie aber nicht verstehen. Seit ein paar Tagen erst arbeite ich hier als Nachtwächter. Aber ich habe keine Angst, nein, ich habe keine Angst, auch wenn ich ganz alleine bin, mit meiner Taschenlampe meine Runden ziehe. Man hat gesagt, es kann nichts passieren. Und es kann auch nichts passieren. Wenn aber doch, habe ich den Schlüssel zum Arztzimmer, weiß, wo die Betäubungspfeile liegen, das Gewehr. Ins Busfahrerhüttchen könnte ich flüchten, mich mit der Kaffeemaschine verteidigen, oder auch ins Schloss unterhalb des Tierparks. Früher gehörte es dazu, aber seit die Gräfin Steuern hinterzog, weiß niemand, ob sie noch hier lebt oder wie die Tiere irgendwo in einer Strafvollzugsanstalt verwahrt ist. Dabei darf man sich nicht wundern, ihre würdigen und adeligen Ahnen haben Ketten durch Flüsse gespannt, um ganze Schiffe auszuplündern. Da ist es doch nur rechtens, wenn die Gräfin ein paar Steuern hinterzieht, um ihrem Mann eine kleine Wohnung einzurichten.
Ich würde es vielleicht genau so machen. Nur habe ich nichts, nicht einmal Freunde. Daher ist für mich diese Arbeit nahezu perfekt. Männer haben übrigens nie Freunde, nur Gehilfen, Partner. Sieht man sich die Affen und Wölfe an, weiß man warum. Alpha-Tiere sind viel zu beschäftigt, sich in ihrer Position zu halten, als dass sie daneben Zeit für Freunde hätten. Freunde sind etwas für Mitläufer. Man sagt Alpha-Tier, weil das Wort Führer negativ besetzt ist, dabei war auch der Führer ein Adolf, nein, Alpha-Tier. Aber eine sonderbare Vorstellung wäre es schon, alle Nazis bei einem Parteitag brüllen zu hören: Heil, mein Alpha-Tier. Heute fahren die Möchtegernführer Alfa-Romeo und machen Alfanzereien.

Ich auch. Und hier im Tiergarten, sobald die letzten Besucher draußen sind, kann ich mit den Tieren palavern. Mit den Kängurus muss man australisches English reden: How do you do, Känguru? Are you waiting für the spring, then hüpf. Die Emus verstehen einen nur, wenn man rülpst. Uh, uhh. Das sind Rülpsvögel, Beat-Boxer. Riesige Krallen, die aussehen wie verschrumpelte Füße von luftgetrockneten Leichen, nur sehr vie größer, und ihre Stimmen klingen so, als wären die langen Hälse nur mit Stimmbändern gefüllt – wie ein Teller voll Spaghetti.
Am liebsten sind mir die Graupapageien, die pfeifen, tirilieren und sehen aus, als hätten sie ein graues Cape über. Abends putzen sie ihr Gefieder, stecken sich gegenseitig Nüsse in den Schnabel, halten ihre Köpfe schief und versuchen mein Hallo, hallo zu imitieren. Hallo. Hallo. Wenn ich ihnen aber *Heute dreh ich euch die Gurgel um, Gurgel um, gar nicht dumm,* vorsinge, sehen sie mich blöde an, plustern ihr Gefieder auf und beginnen ein Geschrei.
-Nur keine Angst, beruhige ich sie dann, war doch nur ein Scherz.
Manchmal, wenn mir langweilig ist, gehe ich auch in den Streichelzoo, Mähh, mähh, breche vom Kirschbaum einen Ast mit frischen Blättern und lasse die Puppen, also die Ziegen, Schafsböcke und den Widder tanzen. Grundstellung, alle sammeln, ganz ruhig, Stirnreihe bilden, rufe ich ihnen zu und, ich schwöre, sie verstehen mich, Mähhh. Und Eier und Milch. Strecken! Strecken! Und Bitte. Allez hop, Pliez, erste Position, Changement. Mähh, blökt das Kleinvieh und rennt mir wie einem Messias hinterher. Zweite Position, hoch das Bein. Und Bitte. Madame et Monsieur, sehen Sie die Kreatur. Und Sprung. Dazu pfeife ich die Nussknackersuite, wenn die Puppen zu tanzen beginnen, was irgendwann immer damit endet, dass alle Ziegen auf mich springen, mir ihre Hufe in den Bauch rammen, nur um an den Zweig zu kommen.
Gleich daneben liegt das Wollschwein, grunzt verzückt. Aber erstens stinkt es und zweitens muss ich dabei immer an die neuerdings modern gewordenen Schweinegrippepartys

denken, bei denen sich die Gäste absichtlich infizieren, weil sie hoffen, dann, sobald sich diese neue Seuche ausbreitet wie einst die Spanische Grippe, immun zu sein.
Es heißt Tiergarten, als ob die Käfige zu bestellen wären wie Felder, als ob die Tiere Wurzeln schlügen. Dabei hat kaum wer eine Ahnung, was hier los ist, sobald die letzten Besucher draußen sind. Und da rede ich noch nicht einmal von den fetten Kröten, die dann über den Kiesweg hoppeln, nicht von den Zebras, die gegen die Absperrung laufen, nicht von den Kapuzineräffchen, die dann Bockspringen und auch nicht von den Wölfen, die wie verrückt den Mond anheulen. Ja, nicht einmal von den Geparden, die dann mit ihrem Beutesimulator spielen. Einem alten Skilift, an dem man Fleisch durch ihr Gehege zieht, damit sie auch etwas Bewegung haben. Nachts, wenn alle Besucher draußen sind, passiert etwas Unheimliches, etwas, von dem niemand eine Ahnung hat. Nachts, wenn die Kreaturen unter sich sind, nichts Menschliches sie stört, zeigen sie ihr wahres Wesen. Es riecht dann wie in der Achselhöhle Gottes und eine apokalyptische Ruhe kehrt dann ein.
So ziehe ich meinen Runden, weiche den Kröten aus, grüße Brutus, den kastrierten Löwen, dem nach seiner Operation die Mähne abgefallen ist, was kein Problem wäre, weil Glatzköpfe ja modern sind heuzutage, wenn da nicht Simba, sein Kollege, wäre, der ihn seither für ein Weibchen hält. Wuuuhäää, brüllt der Löwe. Der Transvestit Brutus antwortet: Hauwwww.
Weiter, vorbei an den weißen Eseln, deren Schreie wie quietschende Lastwagenbremsen klingen, weiter zu den Krauskopfpelikanen, Schwänen mit Unterbiss, die alle, kaum dass ich sie mit der Taschenlampe anleuchte, ins Wasser flüchten. Da spüre ich ein Augenpaar. Irgendwer beobachtet mich. Die Zebras? Oder ein Gnu? Vögel? Die frei herumfliegenden Pfauen? Ach was, sage ich mir selbst, bilde dir nichts ein. Weiter geht's, vorbei am Muntjak, diesem süß dreinschauenden Reh, das Fleisch frisst. Ein chinesischer Kung-Fu-Kampfhirsch in der Verkleidung eines veganen Bambis.
Da raschelt etwas. Also doch? Ein Tier? Ist eines ausgebrochen?

Es verfolgt mich. Zweifellos. Will sich rächen für Generationen in Gefangenschaft. Gleich springt es mich an, faucht und beißt sich in mir fest. Gleich reißt es Happen aus mir raus, bin ich ein Raubtierimbissstand. Vielleicht der Luchs, den ich noch niemals zu Gesicht bekam. Ruhig bleiben. Ruhig. Ein Kleidungsstück ausziehen und dem Raubtier vor die Füße werfen, hat man mir gesagt, damit es für einige Zeit beschäftigt ist. Nur keine Angst. Das sagt sich leicht, aber ich spüre meinen Puls, ein leichtes Zittern durchfährt den Körper, alle Blutbahnen sind wie eine Autobahn und bringen Bilder von Löwentatzen, Gepardenmäulern, Bärenkrallen. Die Geräusche kommen näher. Die Kreatur gibt ihre Deckung auf, schleicht sich an, ich kann sie spüren, sie kommt direkt auf mich zu. Ich spüre einen fremden Atem. Gleich ist es um mich geschehen. Nein, versuche ich mich zu beruhigen, vielleicht ist es nur ein Zebra? Oder ein Lama, das mich für einen Spucknapf hält? Vielleicht hat sich die Mutter auf der Suche nach ihrer rosaroten Babykappe verlaufen. Vielleicht ist die Gräfin vom Schloss schon wieder frei und spukt herum? Oder Einbrecher, die ein Tier stehlen wollen. Ein Koi aus dem Teich oder eine Ziege für den Grill? Mähh? Nein, ich spüre, es ist eine Kreatur. Ein finsterer Abgrund tut sich auf.
Wuuhaaaä, brüllt der Löwe. Hauuwww, der Transvestit. Mähhh, schallts aus dem Streichelzoo. Und Eier und Milch, murmle ich. Ihihihih, ih, ih, quietschen die Affen. Üh, üh, rülpsen die Emus. Die Geräusche verdichten sich, kommen näher. Wuuhaaaä. Hauwwww. Ihihihih. Üh, üh. Bald ist es um mich geschehen. Jetzt. Da steht jemand.
Der Wolf!
Direkt vor mir, bäumt sich auf, sieht mich finster an, fletscht den Mund und knurrt. Dann senkt er seinen Blick, dreht er sich eine Zigarette, steckt sie in den Mund und gibt sich Feuer.
-Sie sind also der Wolf. Ich habe von Ihnen schon gehört. Man nennt Sie Wolf, weil Sie seit zwanzig Jahren beinahe täglich in den Tierpark gehen, immer nur zu den Wölfen.
Er brummt, dass seine Schirmkappe von Wolfskin wackelt. Wolf prangt auf seinem Hemd und Wolf steht auf der Ang-

lerjacke, ein Feldstecher hängt darüber. Grauer Bart, Zähne mit großen Zwischenräumen. Dieser Mensch hat tatsächlich etwas Wölfisches. Ein Faktotum, hat man mir gesagt. Wundern Sie sich nicht.
Er blickt mich lange an. Dann brummt er:
-Sie! Mögen Sie Jäger?
-Ich? Jäger? Nicht zum Abendessen.
-Ha, lacht er. Ich auch nicht. Aber heute kam einer, Hirschhornfraktion, blieb beim Wolfsgehege stehen, fragte nach dem Leitwolf und sagte dann, nachdem er ihn gezeigt bekommen hatte, der, der fehlt mir noch. Jäger, spuckte der Wolf verächtlich aus. Ich bin selbst Jäger, aber nur mit einem 54 mal 76 Millimeter Kaliber, damit ich dasselbe Tier auch morgen schießen kann. Das hat der Jäger nicht verstanden. Photo, hab ich ihm erklärt. Aber, mein Herr, das kann man doch nicht sagen, imitierte er den Jäger, die Jagd, das Auflauern und Schießen, das steckt doch im Manne drinnen. Ach so? Steckt das drinnen? Aber ja, klatschte der Jäger. Ja. Dann hören Sie einmal zu, wenn Sie wissen wollen, was in einem Manne alles drinnen steckt? In mir zum Beispiel steckt es drinnen, Ihnen jetzt gleich eine über die Gunkel zu ziehen, um mich dann mit ihrer fetten Brieftasche davonzumachen. Aus war es. Da war der Jäger still und hat sich aus dem Staub gemacht. Dabei, habe ich ihm nachgerufen, so der Wolf weiter, dabei bin ich für die Freigabe der Jagd, aber nur unter zwei Bedingungen, erstens mit Vorderlader und zweitens nur, wenn der Jäger alles, was er schießt, vollständig und alleine vertilgt. Er lachte. Da fliegen die fetten reichen Deutschen nach Russland, lassen sich einen angefütterten Bären vorführen, auf den sie schießen, ihn oft sogar verfehlen, so dass ihn ein Jagdgehilfe mit seiner Kalaschnikow erledigen muss. Und das hängen sie sich dann in ihre Wohnung. Schämen würd ich mich.
-Sie interessieren sich schon lang für Wölfe?
-40 Jahre. Er zieht an seiner Zigarette. Weiße Flecken, nein, kleine Sterne sind auf seinen Fingernägeln. Oft, erzählt er, kommen welche an, Touristen mit einem Wichtigtuer an der Spitze, der zehn Sekunden ins Gehege schaut, auf einen

Wolf zeigt und dann selbstsicher verkündet: Das da drüben ist das Alphatier. Anfangs habe ich mich noch eingemischt, aber irgendwann habe ich es aufgegeben, ihnen zu erklären, dass das erstens ein alter, nur noch geduldeter Wolf und zweitens ein Weibchen ist. Das bringt nichts. Ich habe schon hunderttausende Besucher in den Wolfskäfig heulen gesehen, Huhhhuuuuu oder Huhuhuhuhuuuu, was die Tiere mit noblem Ignorieren quittieren. Nur Samstag mittags, wenn die Feuerwehrsirenen tönen, heulen alle Wölfe mit. Über uns Menschen können sie nur lachen. In Österreich steht er unter Naturschutz, der Wolf, dabei gibt es ihn gar nicht. Zu viele Jäger. Na ja, länger halte ich Sie nicht auf, wünsche noch eine gute Nacht, der Herr.

-Wiedersehen, Herr Wolf.

-Sie werden lachen, Wolfgang heiße ich.

Der Wolf tippt sich an die Schirmmütze und schlendert Richtung Eierschneider-Ausgang. Verdutzt blicke ich ihm nach. Die Hose hängt ihm runter, ein dürres Männlein mit dem Gang eines räudigen Wolfes. Da geht er hin, der Wolfgang. Jetzt bin ich also endgültig allein inmitten all der Kreaturen. Am Himmel steht die Säufersonne, ein warmer Wind fährt mir ins Gesicht. Die schwarzen Büsche rascheln und ich überlege, wie ich mir die Zeit vertreiben soll. Ich könnte Alkohol ausschenken, mich am Tiertorkeln erfreuen. Oder Sexspielzeug besorgen? Eine Matrosenpuppe für den Ziegenbock und Dildos für die Affen. Ob die damit etwas anfangen könnten? Wuuhaaaä, brüllt der Löwe. Hauuwww, der Transvestit. Mähhh, schallts aus dem Streichelzoo. Mähh. Mähh. Und Eier und Milch, murmle ich. Ihihihih, ih, ih, quietschen die Affen. Üh, üh, rülpsen die Emus. Niii, niii, singt der Trauerschwan. Uhhhuhhh, heulen die Wölfe. Uhhhuhh.

Nein, ich höre ja gar nichts. Es ist still. Kein Ton ist zu vernehmen, kein Schwein rührt sich. Ich leuchte zu den Krauskopfpelikanen, die wie ausgestopft auf ihren Ästen stehen. Was ist? Normalerweise flüchten sie doch gleich ins Wasser. Die Siamangs liegen wie tot in ihrem Käfig. Auch bei den Muntjaks, diesen falschen Veganern, rührt sich nichts. Die

Bisons sind wie große Schattenziegel, aber keine Regung. Nicht einmal die Wölfe heulen. Was ist denn da? Was ist denn los? Es werden doch nicht alle schlafen? Vielleicht, fährt es mir durch den Kopf, hat der Wolfgang, der Wolf in Menschengestalt, alle Tiere gerissen. Ich, ein moderner Hirte, bin verantwortlich, also laufe ich zum Streichelzoo, sehe aus den Augenwinkeln die Wollsau, die wie tot vor ihrer Hütte liegt, keinen Grunzer von sich gibt. Und die Ziegen, Schafe? Am Rücken liegen sie, strecken alle Viere von sich, rühren sich nicht. Bitte, stürze ich auf sie zu. Bewegt euch. Sagt doch was! Mähhh. Mähhh. Und Eier und Milch. Bitte, macht doch Mähh. Doch nichts. Ich schnappe eine Ziege, schüttle sie. Doch zeigt sie keine Reaktion. Auch der Widder, selbst das Pony, alle tot. Ich renne weiter zu den Löwen, Affen, alle liegen da wie ausgeronnen, leere Körper ohne Leben. Auch die Graupapageien liegen da wie weggeworfene Plüschtiere. Ich breche eine Ast ab, stecke ihn durch das Drahtgitter, versuche ein Tier zu necken, doch es rührt sich nicht. Bitte, flehe ich sie an, schreit, pfeift, bohrt mir eure Krallen in den Finger, leckt mich ab mit euren schwarzen Zungen. Hallo. Hallo. Nichts! Dasselbe mit den Enten, Emus und Kamelen. Alle tot. Als hätte eine Seuche sie hinweggerafft, liegen sie da. Entsetzlich? Was habe ich getan? Oder war es doch der Wolf?
Ich gehe in das Busfahrerhüttchen, wasche mir die Hände, um den Tod von meiner Haut zu bekommen. Dann mache ich einen Espresso und versuche mit meinem Taschencomputer Neuigkeiten zu erfahren. Vielleicht ist was passiert? Krieg? Giftgas oder eine andere Katastrophe. Vielleicht sind längst schon alle Tiere tot? Aber gibt es überhaupt noch Tiere? Mir fällt ein, dass ich schon lange keines mehr gesehen habe. Die Haustiere wurden vor Jahren durch Computerspiele verdrängt und Zuchttiere sind längst von chemischen Prozessen ersetzt. Wir haben, kommt es mir jetzt, alle Tiere umgebracht. Auf dieser Welt lebt alleine noch der Mensch. Wir sind die letzte noch übrig gebliebene Kreatur. Und wir sind verloren wie die rosarote Babykappe. Die Tiere haben uns fallen lassen wie der Willi alles das, was ihm nicht schmeckt. Ich blicke in

die Säufersonne und spüre, wie die Augen schwitzen, sich bald erste Tränen lösen.
Am nächsten Morgen wache ich auf, weil mich eine Wespe sticht. Es kräht ein Hahn und die Ziegen schreien Mähhh.
-Und Eier und Milch und Butter, murmle ich, und fertig ist der Kuchen.

Christine Josephine

Birds

Can´t you feel the wind underneath
Can´t you find the wings that you need
Can´t you see the world as a gift
Can´t you reach the sun to make the shift

Cause we are like birds
Cause we are like birds

Can´t you leave all the thoughts alone
Can´t you see all the bright away from home
Can´t you stop sitting lonely on your throne
Can´t you find your way on your own

Cause we are like birds
Cause we are birds
Cause we are like bird
Cause we are birds

And freedom hurts
And freedom hurts

Helwig Brunner

»Man gave names to all the animals«

Es mag dreißig Jahre her sein, da hörte ich irgendwo in einem istrischen Sumpfgebiet einen mir unbekannten Vogelgesang. Ich notierte ihn, so gut es ging, in Notenschrift und konnte ihn zuhause, beim Nachhören einschlägiger Tonkassetten, dem Seidensänger zuordnen. Den Vogel selbst hatte ich nur schemenhaft durchs Dickicht huschen sehen, seine Töne aber waren durch meinen Gehörgang ins Innenohr gelangt, waren dort in Nervenimpulse umgewandelt, diese in meinem Gehirn in Notenzeichen übersetzt worden, die ich nun mit einer neuerlichen akustischen Information abglich und so mit einem Namen in Verbindung brachte. Dem Seidensänger konnte dieser Vorgang zweifellos gleichgültig sein, für mich aber war er identitätsstiftend nicht nur hinsichtlich des Vogels, sondern auch meiner selbst. Ein Seidensänger als Ergebnis seiner zweifachen Verschriftlichung, zuerst als Musiknoten, dann als Artname – das schien mir doch etwas ganz anderes zu sein als ein kleiner brauner Singvogel, der sich unerkannt im Gebüsch verbarg. Damit vermochte ich auch jene zwei Welten ein Stück weit zusammenzuführen, die in meinem Kopf seit einiger Zeit auseinandergeklafft und mittels Literatur allein nicht unter einen Hut zu bringen gewesen waren: die Welt der Naturwissenschaft und jene der Musik.

Viel später, und hier beginnt ein ganz anderes Kapitel, bin ich mit Käuzen ins Gespräch gekommen. Im alten wie im neuen Jahrtausend hatte ich gelegentlich ein Tonwiedergabegerät im Rucksack in diesen oder jenen Bergwald hinaufgetragen, um dort den Sperlingskauz mit seinen eigenen Rufen anzulocken, ihn zu einer Antwort zu veranlassen, ihn selbst oder wenigstens die Tannenmeisen und Weidenmeisen, die sich aufgeregt zeternd der Klangattrappe mitunter bis auf Armlänge näherten und mir so mitteilten: Ja, wir kennen ihn hier allzu gut, den gelbäugigen Jäger der Dämmerung; und nein, unser Freund ist er nicht. Jetzt erst, da das Hochtragen der immer kleineren, immer leichteren Geräte ohnehin nicht mehr ins Gewicht fällt, habe ich herausgefunden, dass sich auch ganz ohne technischen Behelf mit dem Sperlingskauz in Kontakt treten lässt. Nach ein wenig Übung beherrsche ich das Kauzische nun fast akzentfrei (vom Kauzigen ganz zu schweigen), gebe mühelos die okarinaähnlichen, leicht melancholisch klingenden Pfiffe von mir, als sei es mein Alter Ego, das endlich den ihm gemäßen Ausdruck gefunden hat. (*Ich hatte tausend Leben und nahm mir nur eins,* heißt es bei Cees Nooteboom; hier aber tut sich mir in Gedanken ein zweites auf.) Wenn ich Glück habe, nähert sich derweil ein, sagen wir, gefiederter Artgenosse und pfeift mir nachdrücklich zu, dass ich unbefugt in sein Revier eingedrungen, er jedoch auf meine Gesellschaft nicht im Mindesten neugierig sei. Nun pfeife ich noch einmal kurz zurück, halte dann meinen Schnabel und gehe weiter, überlasse dem Sperlingskauz das Feld. Soll er oben in den Baumkronen das Hochgefühl genießen, mich, den Eindringling, erfolgreich vertrieben zu haben. Vielleicht hilft ihm das gegen die Melancholie.

Einen Vogel (erkannt) zu haben oder ein Stück weit einer zu sein, ist freilich nicht immer das Maß der tierischen Dinge. Da ist zum Beispiel der zarte, zärtlich knarrende Ruf des Erdkrötenmännchens, wenn es sich anschickt, mit einer korpulenten, warzigen Damen die tausend Kinder der Saison zu zeugen. Was weckt der Ruf der nasskühlen Kröte in mir, wenn er aus ihrem nasskühlen Lebensraum zu mir dringt? Vielleicht die Ahnung, dass es für das Begehren, für die archaische Sehnsucht nach Erfüllung keine Namen, sehr wohl aber Töne gibt? Dass einander zugetan zu sein sehr Unterschiedliches bedeuten kann und vermeintliche Hässlichkeit im Auge oder Ohr des Betrachters liegt? Interessant scheint mir dabei, dass ich es, wenn ich der Kröte in ihr goldenes Auge sehe, bei der sachlichen Betrachtung mit dem Blick des Naturwissenschafters belasse – erst das Gehör öffnet die Schleusen persönlicher Assoziationen und weckt Resonanzen im Gefühlsraum. Auf diesem Weg ist das Tier in mir anwesend, sei es dort dauernd wohnhaft oder zumindest auf Besuch oder Durchreise. Das Tier bringt ungefragt Töne aus seinem Innersten hervor, immer wieder, mit größter Selbstverständlichkeit und Dringlichkeit. Namen ändern daran nichts; Kröte, toad, crapaud, sapo, varangy, krastača, ropucha … was sagt das schon? Mehr über die Kleinteiligkeit menschlicher Kulturräume und über das Arbiträre sprachlicher Zuschreibungen als über das so benannte Tier, das vor, während und nach allen Sprachen vor sich hinquakt. Deshalb ist das Tier in mir Musik und nicht Sprache. Das ist zwar, um genau zu sein, etwas übertrieben, denn die tierischen Töne, und schon gar der leise Ruf der Erdkröte, sind noch keine Musik, es sind Instinktleistungen, denen die menschliche Intentionalität der Musik fehlt; und umgekehrt würden, wo die Musik Tierlaute zitiert (und das tut sie quer durch die Musikgeschichte), die Tiere das Ergebnis nicht wiedererkennen, zu unterschiedlich sind die jeweiligen akustischen Hervorbringungen. So viel aber lässt sich immerhin sagen, dass die Töne des Tieres in mir in Richtung der Musik deuten, sein Name hingegen in jene der Sprache. Sicherlich, *Man gave names to all the animals,* wie Bob Dylan singt, und so mancher Naturforscher war sein Leben lang mit genau dieser Namensgebung beschäftigt. Doch oft genügt der vorsprachliche Laut des Animalischen, um tiefer in mir eine Saite zum Klingen zu bringen, als ein Name es vermag.

Natürlich ist das Tier in mir nicht allein Musik. Manchmal ist es etwas ganz anderes, aufflammende Wut etwa oder Begehren, manchmal namenlose Panik, Hunger oder Erschöpfung, allesamt Regungen, die in stammesgeschichtlich alten Gehirnteilen verankert sind, jenen Teilen also, die wir mit Tieren gemeinsam haben. Wenn ich mir das Verlöschen meines lichten Geistes vorstelle, wie es mir eines Tages möglicherweise in seniler Umnachtung widerfahren wird, bleibt das nackte Tier in mir zurück, verspürt noch Hunger und Durst – und vielleicht noch jenen namenlosen Drang, der schon die Käuze und Kröten rufen und den Seidensänger singen lässt. Wenn hingegen behauptet wird, Menschen gebärdeten sich wie die Tiere, indem sie mit Waffengewalt über ein Nachbarland herfallen und unermessliches Leid über andere Menschen bringen, dann tut das den Tieren unrecht, denn Derartiges käme ihnen niemals in den Sinn. Tierisches Verhalten bleibt, zumindest unter tiergerechten Bedingungen, im Unterschied zum Verhalten des Menschen stets situationsadäquat und verhältnismäßig. Was unmenschlich ist, ist noch lange nicht tierisch. Das Tier in mir ist hingegen, das wage ich zu behaupten, Teil meiner Menschlichkeit.

TARE / Klaus Wohlgemuth
Rabbit

goodbye misty mountains
gathering clouds of rain
and goodbye weary rabbit
heading for the lake

three suns stood in the sky
I watched them for long
and fixedly and strong
since the best two've gone down
if the third might dissapear
in darkness I'd better fare

goodbye red shiny Kadett
sleeping now in the grass
and hello to the fluttering wings
black cosy feathers I bet

now that you've turned your back
which way I'll find do not
burden my mind
my pockets are stuffed
with two drops of rye
and one coin an eye

Dominika Meindl

Tod und Teufel auf Gut Aiderbichl

„Es war der glücklichste Augenblick meines Lebens, und ich wusste es nicht einmal."

Orhan Pamuk

„Meine Definition von Glück? Keine Termine und leicht einen sitzen."

Harald Juhnke

Wir saßen auf einer ranzigen Soff im Katzenhaus auf Gut Aiderbichl, zu viert, und unsere Bauchmuskeln brannten schon seit Minuten. Vor uns lethargische Katzen, unerreichbar hinter speckigen Schaufenstern. Der Geruch von Katzenpisse schlug unsere Nasenschleimhäute in Bann. Auf Dauerschleife lief die Titelmelodie aus „Vom Winde verweht". Seit 13 Wiederholungen des Sezessionssüdstaatendramaoriginalsoundtracks lachten wir, ohne sagen zu können, worüber. Wir konnten nicht aufhören, obwohl nur noch Salz aus unseren wunden Tränenkanälen körnte. Wir waren nicht einmal betrunken, höchstens berauscht vom Gelingen dieses Besuchs des Guts Aiderbichl. In unseren Alltagen waren wir Schriftstellerinnen und Marketingfachkräfte und Busunternehmer, in diesem Moment aber waren wir Leute, die bestimmt in die Couch geludelt hätten, wäre nicht alles schon oben herausgeweint gewesen.

Seit Jahren verband uns eine ironische Freude am medienaffinen Tierparadies. Wir amüsierten uns über die Schlager-Weihnachtsshows und den tränendrüsigen Ton des Magazins. Vor ein paar Jahren war darin ein „eingefühltes Interview" mit der Kuh Yvonne erschienen, die sich drei Monate lang im Wald versteckt hatte. Erst als man ihr Kalb aus der Ochsenmast freikaufte (eine Woche vor seiner Schlachtung!) und sie damit anlockte, konnte sie eingefangen und gerettet werden. Das empathische Befragen parodierten wir seither oft. „Warum

bist du aus dem LKW geflohen, der dich und dein Kalb in den Schlachthof gebracht hätte?" „Ich will doch nur leben, wie jeder andere Mensch auch!" Stirbt ein Tier am Gnadenhof, bekommt es auf der Homepage einen ausführlichen Nachruf samt Saint-Exupéry-Zitat („Das, was dem Leben Sinn verleiht, gibt auch dem Tod Sinn." Wir machten uns lustig über den hohen Ton, waren aber selbst allesamt Leute, die innerlich aufschluchzen, wenn sie einen überfahrenen Igel neben der Straße sehen.
Der Ausflug, den mir die Schriftstellerin Anna Weidenholzer und ihr Gatte Christian zum 40er geschenkt hatten, und zu dem ich auch meine jüngste Schwester mitnahm, sollte der Gipfel unserer sarkastischen Zuneigung werden. Wir wussten um die siebenseidige Geschäftsgebarung der ganzen Aiderbichl-Filialen, die sehr penetrant nach Erbschleicherei roch. In diesem Moment stank es nur nach dem Urin der erretteten Katzen, und in uns war nicht ein Hauch von Zynismus übrig, nur reine, sinnlose Fröhlichkeit. Die Freude der über das Gut verteilten Kinder, Greise, und behinderten Menschen war uns ins Herz gefahren. Dazu die drolligen Aufführungen der Nutz- und Haustiere! Im Katzenhaus widerfuhr uns die emotionale Kernschmelze.
Nach der 14. Wiederholung von „Gone with the Wind" war ich es, die zum ersten Mal Luft bekam, und fatalerweise sagte ich zu diesem Augenblick:
Verweile doch! du bist so schön!
Dann magst du mich in Fesseln schlagen,
Dann will ich gern zu Grunde gehn!

Das scheiß Germanistikstudium! Es kam, wie es kommen musste, denn der Teufel findet keinen Schlaf, und so stand er denn auch gleich vor uns, samt Sense und Hinkefuß, vielleicht sogar nach Schwefel stinkend, aber Genaueres konnte man in den Katzenpissewolken nicht sagen. Der Fürst der Finsternis richtete seinen dürren Zeigefinger auf mich.
„Ha, deine Seele gehört mir, Grauschopf, du musst ins Fegefeuer!"

Schlagartig verebbte unser Lachen, ich stammelte, „aber das hat der Johannes Paul 2.0 doch abgeschafft!"
„Du kennst dich überhaupt nicht aus!", mansplainte Satan, „das war der Limbus, die Vorhölle für die nicht mit Vernunft gesegneten, ungetauften Kinder, und den hat der Ratzinger wieder aufgemacht!"
„Der Arsch!" entfuhr es mir.
„Waas!? Jetzt kommst du gleich in den innersten Kreis der Hölle, Frevlerin!"
Weil mein Tod den anderen die Stimmung total vermiest hätte, nahm ich meinen Mut zusammen und sagte: „Das gilt nicht, ich bin ausgetreten und außerdem muss der Teufel in volkstümlichen Sagen mit den Sündern um deren Seelen spielen! Und überhaupt, bist du jetzt der Tod oder der Teufel? Ich finde, hier gibt es Schwächen im Narrativ, also los, spiel' mit mir!" Der Sensenmann brummte nur ok, aber er hole mich, sobald mein Glück ende, das gehe schnell! Vielleicht schon in einer Minute! Dafür dürfe ich mir aussuchen, auf welche Weise wir um mein Leben spielten. Darauf ging ich ein. Die Freunde scharten sich bang um mich. Die Kunde vom Kampf auf Leben und Tod raste durch das Areal, und Minuten später war das Katzenhaus in eine Arena verwandelt. Ein wackliger Tisch wurde herbeigetragen, und alle waren gespannt, auf welche Art ich um mein Leben wetten würde.
Nun ist es so, dass ich immer ein Autoquartett im Rucksack habe, das einzige Spiel, das ich wirklich beherrsche, im Grunde das Einzige überhaupt in meinem Leben, was ich wirklich beherrsche. Der Antichrist lachte hämisch angesichts des Deckblattes: „Supercars" aus den 1980ern. Ich bat meine Schwester, die Karten zu mischen und zu verteilen. Es war still, nur der Wind wehte noch in Dauerschleife. Ritterlich ließ ich dem Beelzebub die erste Ansage. Weil er gleich den Jaguar XJ-S mit zwölf Zylindern hatte, bekam er meinen Audi Quattro (fünf Zylinder). Ich musste ihm auch meinen Mercedes 500 SEC lassen, weil sein Aston Martin Lagonda V8 um 367 Millimeter länger war. Dann aber unterlief ihm ein kapitaler Fehler, denn der Höllenfürst sagte triumphierend

2250 Kilo, weil er nicht wusste, dass das geringere Gewicht sticht! Und ich hatte ausgerechnet den Lotus Esprit mit 1045 Kilo. Von da an kam Luzifer nicht mehr zum Stich, denn ich kenne meine Quartette blind wie ein Marine sein Gewehr. Ein Supercar nach dem anderen wanderte zu mir. Mit dem Panther Six trumpfte ich ihm seine letzte Karte weg, den faden 5er-BMW, und der Diabolus warf schreiend den Kartentisch um. „In der ersten unglücklichen Minute hole ich dich!!!!!" Dann löste er sich in Luft auf.

Wir umarmten einander im tosenden Applaus der Umstehenden. Wir rannten los, ah! Frischluft! Oh, ein Esel will gestreichelt werden! Hey, in der Kantine ist ein Vierertisch frei, und der Esel darf mit rein, vier Halbe bitte, und Pommes frites für das Viech!

Dann gingen wir zu den Zwergkaninchen, und zu den Hängebauchschweinen, freche Ziegen begleiteten uns und bissen in unsere Schuhbänder. Mitarbeiterinnen setzten uns Eselsohren aus Pappe auf die Köpfe, über die wir wieder sehr viel lachen mussten, und diesmal konnten wir unbeschwert weinen, denn wir hatten ja alle zwei große Bier wegen der Elektrolyte getrunken. Die Frau vom Kinderschminken wischte mir das Gesicht trocken und malte mit liebevollem Ernst Schnurrhaare und Näschen ins Antlitz, weil meine Begleiterinnen ihr vorschwindelten, dass ich genau heute 40 werde. Ein großer Plüschhund kam auf mich zu, und ich tanzte Polka mit dem Wesen, ohne zu wissen, welcher Mensch da im dicken Kostüm in der Sommerhitze steckte, aber wir tanzten frei in dieser Anonymität miteinander, es war mir nichts peinlich.

Im Bus nach Hause schliefen wir müde ein, mein Katzengesicht sank auf die weiße Bluse der Weidenholzerin, sodass ihre Schulter, als wir bei mir zuhause in Wels ausstiegen, aussah wie ein Turiner Grabtuch mit *cat content*. Der Buttinger öffnete die Haustür und schlug die Hände zusammen, er sah in mein aufgelöstes Katzengesicht und greinte „Bittdigarschön! Wie kommst denn du daher!" Ein letztes Mal purzelten mir Tränen über die Schminke, denn es rührte an mein sturmreifes Herz, dass es jetzt wieder einen Menschen gab, der die Sätze

meiner toten Mutter zu mir sprach. Der Buttinger senkte die Hände und küsste meinen Schnurrbart, er sagte, „ich sehe, du hast einen schönen Tag gehabt, ihr müsst Hunger haben!" Er kochte uns Spaghetti, wir aßen viel zu viel davon, und als alle gegangen waren, schlief ich auf der Couch ein. Zur Signation von der „heute-Show" wachte ich wieder auf und bemerkte, dass mir der Buttinger im Schlaf den Rücken gestreichelt hatte.
Es war der glücklichste Tag meines Lebens gewesen, und ich wusste es. In den nächsten Tagen bemühte ich mich sehr, zumindest nicht unglücklich zu werden, ich sagte also alles ab und trank schon in der Früh ein Glas Sekt, dabei dachte ich an Harald Juhnke. Ich brachte den Nachbarskindern Autoquartett bei, hörte mir auf der Couch wieder einmal alle Kreisky-Platten an und schrieb ein paar Geschichten, in denen Louis de Funès durch die Handlung huscht, nein! Doch! Oh! Und endlich konnte ich mich aufraffen, dem guten Pollanz eine Tiergeschichte zu schreiben, leider ohne populärkulturellen Zugang, dafür mit einer menschlich ziemlich okayen Moral. Am dritten Tag rief ich die Spenden-Hotline von Gut Aiderbichl an, um als Votivgabe für die vorläufige Rettung meiner Seele eine Tierpatenschaft zu übernehmen, ein altes Lama oder einen Wurf noch nicht entwurmter ungarischer Hirtenhundwelpen, da wollte ich nicht wählerisch sein, nur mit den Affen hab' ich's nicht so, sagte ich. Da unterbrach mich die Telefonistin. „Ma, san Sie des, de von unsam Gärtner so glegt woan is? Der spüt oiwei in Teifi im Pforrtheater und tuat uns de Gäst sekkiern!"
„Ja", sagte ich, „ich bin es, und ich werde meinen Teil der Abmachung trotzdem einhalten."

Austrofred

Spezielle Antennen

Ich habe in meiner langen Karriere als tourender Rockmusiker schon so einiges erlebt – schöne Dinge und nicht so schöne, große Erfolge und kleine, volle Hallen und stimmungsvolle Mini-Clubs, amouröse Abenteuer und zerstochene Autoreifen. (Und, ja, zwischen den zweien gibt es einen Zusammenhang.) Über die meisten meiner Erlebnisse und Erkenntnisse gebe ich gerne Auskunft – mit nichts anderem habe ich im Prinzip meine ersten sechs Bücher gefüllt. Aber ein paar Stories gibt es doch, die habe ich noch nie jemandem erzählt. Wieso? Die einen vielleicht, weil sie mir unter Umständen peinlich sein könnten, besagte Autoreifen zum Beispiel, die mir einmal die Flucht vereitelt haben und deretwegen ich dann einen halben Tag im Klo von einer OMV-Tankstelle mit nichts anderem als einer fremden Unterhose ... egal, diese Geschichte nehm ich wirklich mit ins Grab...
Von anderen – wahren! – Begebenheiten habe ich bislang bewusst geschwiegen, und zwar aus einer gewissen Angst heraus, dass sonst die Leute sagen, ach, der spinnt doch, der Fred, dem hat es jetzt ja wohl endgültig die Kette ausgehängt! Und trotzdem muss ich es erzählen, weil es sonst in mir gärt und arbeitet und mir auf die Seele drückt. Eine solche Belastung muss man teilen, damit man das aushält und keine Gallensteine kriegt. Und wer weiß, vielleicht kann ja auch wer etwas lernen aus meinem Vorbild? Aber es ist halt doch ein großer Schritt und kostet mich eine enorme Überwindung.
Lassts mich vielleicht so anfangen: Wie ihr sicher wissts, haben Tiere teilweise eine ganz andere Wahrnehmung als wir Menschen, die haben ja quasi spezielle Antennen. Und da meine ich jetzt nicht, dass eine Katze in der Nacht gut sieht und eine Krähe sich dreitausend verschiedene Futterverstecke merken kann. Sondern da gibt es zum Beispiel wahre(!) Geschichten von Hunden, die nicht in den Familienurlaub mitfahren dürfen, aber schon im ersten Moment, wo der Nachbar nach ihnen schauen will, geben sie ihm einen

Stesser, dass ihm der Pedigree-Sack aus der Hand fällt, und gasen in einem mords Tempo davon. Dreihundert Kilometer weiter fährt gerade die Familie fröhlich auf der Autobahn gen Süden, auf einmal verreißt die Mama fast das Lenkradl: „Halt, ein Hund auf der Fahrbahn, sakradi – ja, schaut der denn nicht exakt aus wie unsere Fifi?" Ein bisschen verdattert, aber sicher bleiben sie am Pannenstreifen stehen. Glück gehabt. Auf einmal verdunkelt sich der Himmel, es pfeift, vor ihnen macht es einen gigantischen Tuscher. Ein Flugzeug ist vor ihnen auf die Fahrbahn gekracht und hat alles unter sich begraben. Wenn nicht die Mama akrat wegen dem Hund zusammengebremst hätte, hundertprozentig wären sie jetzt alle zermalmt. Arg. Von ihrem Nachbarn erfahren sie später, dass die Fifi nach ihrem kurzen Ausflug (viel zu kurz um dreihundert Kilometer zu rennen!) vierzehn Tage lang geschlafen hat. Ja, das kriegst du doch im Hirn nicht zsamm! Und solche mysteriösen Tiergeschichten gibt es aus der ganzen Welt. Auch ich habe eine solche erlebt...

Meine Geschichte spielt in einem unwirtlichen Landstrich im allerletzten Eck des Landes, sieben Autostunden vom zivilisierten Treiben der Hauptstadt entfernt, wo die Berge hoch, die Wälder finster und die Sprache der Menschen ungelenk und schwer zu verstehen ist. Und glaubt es oder glaubt es nicht: Ich habe vor der Abfahrt schon so eine Vorahnung gehabt! Ich meine, mir ist ja immer schon jedes Mal leicht enterisch geworden, wenn ich nach Vorarlberg gefahren bin – wem nicht! –, aber diesmal schrecke ich schon in der Nacht vor dem Gig schwitzend aus dem Schlaf. Ist da ein Geräusch? Im Zimmer, das kann ich mir aber auch einbilden, ist ein ganz leichter Haselnuss-Geruch. Sicher, ich habe vor dem Einschlafen noch eine Tafel Haselnuss-Milka gehabert, das schon, aber täte man da nicht eher den Schoko-Anteil riechen und nicht die Haselnüsse? Einen Schokogeruch nehme ich aber nicht wahr. Unruhig schlafe ich wieder ein. Ein höchst notwendiger Schlaf, weil am nächsten Tag habe ich ja eine lange Fahrt vor mir.

Diesmal bin ich zu einer Lesung in einem kleinen Ort im Bregenzerwald geladen, einer Gegend, in der schon mancher Wanderer verschollen ist und in die man nur über extrem steile Bergstraßen und enge Serpentinen gelangt. Was freilich die einheimischen Autofahrer nicht daran hindert, dass sie fahren wie gesengte Säue. Das hat man ja oft in so einfachen Gesellschaften, dass die teilweise keine Angst haben vor dem Tod, indem der Tod noch viel mehr Teil ist von ihrer Kultur und von ihrem täglichen Leben. Aber wenn du selbst aus der Zivilisation kommst, dann stellt es dir bei so einem Fahrstil einfach die Haare auf.
Gegen Ende der langen und ermüdenden Fahrt durch das winterliche Österreich – unterbrochen nur von einer kurzen Pause in der Raststation Mondsee bei Berner Würstel mit Pommes und Zwiebelsenf – fängt es auch noch an zu schneiben, und sei es wegen der Müdigkeit, sei es wegen dem blendenden Schnee, der die Augen anstrengt, auf jeden Fall habe ich das Gefühl, dass meine Sinne nicht ganz so perfekt funktionieren wie sonst. Ich könnte zum Beispiel nicht mehr mit Sicherheit sagen, ob ich jetzt bergauf, bergab oder geradeaus fahre und ob mir die Ed Sheeran-Nummer, die gerade auf Antenne Vorarlberg rennt, nicht doch extrem taugt. Vielleicht erklärt sich dadurch auch die Beklemmung, die mich auf den letzten Kilometern ergreift. Mit der linken Hand klopfe ich mir wild auf die Brust, mit der rechten schalte für die letzten steilen Meter in den Ersten.
Beim Aussteigen steigert sich mein Unruhe noch. Da stehen junge Männer auf den Gehsteigen, einzeln und in kleinen Gruppen, tiefschwarze Gestalten. Als würden sie mir Spalier stehen oder als täten sie eine Nachtwache halten für einen Verstorbenen und dabei ein bedrohliches Rosenkranzgsatzl vor sich hin knurren. „Soanbrchmanit", meine ich zu verstehen und andere sinnlose Wortfetzen, die bei aller Unverständlichkeit eines gemein haben: Sie klingen zutiefst feindselig. „Soanwllmanit". Soll das vielleicht „So einen wollen wir nicht" heißen? So einen wie mich? Mir krampft sich alles zusammen. Eine alte Frau, die mit zwei Sutterlüty-Sackerl voller Einkäufe

an mir vorbeigeht, raunt mir in ihrem altertümlichen Idiom zu: „Pass auf, Austrofred, nimm dich in Acht, das sind die Schwarzen!"

Bei einem wärmenden Kakao erzähle ich dann dem Guni, dem wettergegerbten Wirt und Veranstalter, von der Zusammenrottung draußen und von den weissagenden Worten der Frau. „Ja ja", sagt er, „da hat sie schon recht, aber du brauchst deswegen keine Angst haben. Das sind nur die Burschen von der Jungen ÖVP, die passen heute auf." In der Vorwoche hat nämlich, erzählt er, die Wiener Rockgruppe Wanda nach einem Konzert im Nachbarort ihr Hotelzimmer verwüstet, was dem dortigen Veranstalter schwere Probleme mit dem Bürgermeister (und dem Pfarrer!) eingebracht hat. Solche Scherereien wollen sie bei mir vorsorglich verhindern. Die Anwesenheit der jungen Schwarzen soll mich daran erinnern, dass es als ortsunüblich gilt, wenn man einen HD-Screen aus dem Fenster schmeißt.

Die Lesung selbst geht dann sehr gut. Die zahllosen, meist akustisch unverständlichen Ehrbekundungen der zutraulichen Vorarlberger Fans nehme ich mit dem mir eigenen gutmütig-sympathischen Lächeln hin. Jede halbe Minute werfe ich ein universell verständliches „Prost!" in die Runde und gut ists. Noch geschwind drei, vier Bier, Gage kassieren, fertig.

Am Heimweg in die Pension wieder schwarze Mahnwachen. Seit der Erklärung des Wirts und mit ein paar Bieren intus können sie mich aber nicht mehr beeindrucken. Trotzdem schlafe ich unruhig, ich wälzte mich im Bett, nehme wieder diesen ganz leichten Haselnuss-Geruch wahr. Diesmal habe ich aber keine Haselnuss-Schokolade als Betthupferl gehabt. Eigenartig.

Viel zu spät schlafe ich mithilfe von zwei *Rosenheim Cops*-Wiederholungen ein und verschlafe prompt den Check-out, weswegen ich von der Pensionswirtin ordentlich ausgeschimpft werde. Eine so eine faule Sau wie mich, behauptet sie, hat sie überhaupt noch nie in ihrer Pension gehabt. Na, mein Gott na, denke ich mir, zwölf Uhr! Die soll froh sein, dass ich nicht Wanda-mäßig ihr scheiß Zimmerl verwüstet habe!

Ich lasse ihr Geschimpfe gutmütig auf mich eindetonieren und nachdem sie sich einmal abgeregt hat serviert sie mir immerhin noch einen Teller Aufschnitt zum Kaffee. Wobei, eines ist komisch: Wie ich nämlich zum Bezahlen zu ihr in die Küche komme, schrickt sie kurz auf. Ganz unmerklich nur, aber ich erinnere mich im Rückblick deutlich daran, dass ich mir gedacht habe, öha. Dann holt sie ein kleines Marienbild aus ihrem Herrgottswinkel und legt es, während sie mir die Rechnung schreibt, zwischen uns, fast wie ein heimliches Schutzschild. Aber vielleicht bilde ich mir das auch ein. Das Kreuzzeichen, das sie macht, wie ich schon fast aus der Tür draußen bin, bilde ich mir ganz sicher nicht ein, aber ich deute es in dem Moment als Versöhnungszeichen, vielleicht auch als traditionellen wäldlerischen Abschiedsgruß. Trotzdem bin ich einigermaßen froh, wie ich draußen bin.

Am Weg zum Auto fällt mir ein, dass ich gelesen habe, dass heute der kälteste Tag des Jahres in dieser hoch gelegenen und also eh schon von Haus aus saukalten Gegend sein soll, weswegen ich gleich einmal fünf Minuten das Standgas rennen lasse, damit der Wagen sich ein bisschen aufwärmt. Lenkradlheizung, Sitzheizung – schön langsam wirds.

Bei Tageslicht kann ich jetzt auch die wirklich schöne Landschaft viel gechillter genießen als gestern, die Luft, die Häuser. Um nämlich auch einmal etwas Positives über Vorarlberg zu bringen, muss man sagen, dass es schon das einzige österreichische Bundesland mit einer annehmbaren Architektur ist. In allen anderen Bundesländern schaut es ja aus, als würden die Neubauten von einem bösartigen Computerprogramm wahllos in die Gegend geschissen. *Ins Land einischauen* war früher der Titel einer ORF-Sendung, die der Schönheit der Republik gewidmet war. *Ins Land einischeissen* müsste sie heute heißen.

Eine tatsächliche und sehr anheimelnde Sendung – wahrscheinlich meine Lieblingssendung überhaupt – rennt dagegen grad im Autoradio – *Ö1 gehört gewusst*. Anheimelnd deswegen, weil bei diesem Quiz ausnahmsweise die tatsächlich gebildetsten Leute gewinnen, und nicht solche, die auf

irgendwelchen Apps geübt haben, wann man am besten welchen „Joker“ setzt. Also Leute, die zum Beispiel irgendwelche Richard-Strauss-Stückl nach drei Sekunden erkennen und wissen, was beim Asterix erfunden ist und was historisch verbürgt, so Gymnasiastenwissen halt. War der Kafka eher ein Papa- oder ein Mamabub? Welcher Austropop-Star hat im ORF-Radiokulturhaus eine regelmäßige Musik-Talkshow? (Weil ein bisschen Selbstbeweihräucherungs-PR gehört bei diesen Leuten ja auch immer dazu.) Wo hat der Goethe auf seiner italienischen Reise überall hingebrunzt?
Apropos: Die zahlreichen gestrigen Biere fordern schon nach einer Viertelstunde ihren sogenannten Tribut, ich bleibe stehen. Während ich neben dem Auto stehe, fällt mir ein eigenartiger Sound auf, ein ganz spezielles hohes Klingeln oder Klirren oder von mir aus Flirren, wie wenn hundert Leute gleichzeitig mit winzigkleinen Kaffeelöfferln auf winzige Schnapsstamperl klopfen, weil sie eine Rede halten wollen. Gefrorene Fichtennadeln, denke ich, die auf gefrorene Äste und gefrorenen Boden fallen. Heute ist nicht nur der kälteste Tag des Jahres, höre ich jetzt den Wetterbericht aus dem Autoradio, sondern gar „der kälteste Tag in Zentraleuropa seit Beginn der Aufzeichnungen“! Und zwecks Abrundung wird im Laufe des Nachmittags auch noch ein leichtes Erdbeben erwartet. Auf einmal wuselt es in meinem Augenwinkel: Süß, denke ich mir, ein Eichkatzerl! Und noch eines! Öha, ein drittes ist auch da! Und ein viertes und ein fünftes. Spätestens beim zehnten Eichkatzerl wird mir aber doch ein wenig enterisch und ich schau lieber, dass ich schnell fertig werde mit dem Wasserlassen, was natürlich nicht so leicht ist: Klar, wenn du oben ein Kiste von irgendeiner Flüssigkeit hineinschüttest, dann muss unten auch wieder eine herauskommen. Physikalisches Basiswissen. „Na, ihr seids aber ganz schön zutraulich!“, sage ich, weil ich aus irgendeinem Grund das Gefühl habe, dass ein bisschen eine Konversation angemessen ist, vielleicht auch zwecks Besänftigung. Na, mehr haben sie nicht gebraucht als Einladung. Sicher fünfzig Eichkatzerl rennen auf mich zu! Aus Löchern kommen sie, von den Zweigen springen sie

herunter, hinter den Bäumen tauchen immer neue auf. Es müssen schon Hunderte sein!
Und jetzt geht mir echt der Reis: Ohne Rücksicht, ob ich fertig bin mit der Brunzerei oder nicht (ich bin es nicht), renne ich weg, flüchte ich zu meinem Auto. Aber das macht die Eichkatzerl natürlich erst recht aggressiv. Von links und rechts kommen sie jetzt daher. Ich springe auf den Sitz, will die Tür zuschlagen, aber die geht nicht zu, weil da ein paar der wahnsinnigen Viecher eingequetscht sind. Drei oder vier sind schon im Auto, eins beißt mir ins Genick, ich schreie laut. Dann ziehe ich mir meine Jacke über den Kopf, als notdürftigen Nagerschutz. Kühlen Kopf bewahren ist in so einer verschissenen Scheiß-Situation immer das Wichtigste. Ich brauche dringend eine Waffe, kalkuliere ich, finde aber nur ein paar CDs und das Service-Heftl von meinem Opel. Damit richte ich nichts aus. Ich ziehe mir die Schuhe aus, damit meine Zehen einen besseren Griff haben und halte damit die Fahrertür zu, dann schlängle ich mich mit dem restlichen Körper auf den Rücksitz, damit ich vielleicht etwas Passendes aus dem Kofferraum fischen kann. Der Wagenheber! Der kommt mir genau recht für das Arschloch, dass mich gerade in die Lende beißt. Bumm! Du gehst keinem mehr mit deinen spitzen Zähnen am Arsch. Jetzt kommt der Hundling an meinen Zehen dran. Bumm! Links und rechts schlage ich mit dem Wagenheber auf die Viecher ein, einem donnere ich das Warndreieck auf den Schädel, einem anderen den gusseisernen Erste-Hilfe-Kasten. Nach ein paar Minuten hab ich alle Eichkatzerl im Auto erledigt und ich kann, schwer atmend, die Jacke vom Kopf nehmen und das Schlachtfeld besichtigen. Naja. Immerhin muss man den Eichkatzerln zugutehalten, dass sie nicht viel bluten. „Selber schuld, ihr Arschlöcher", schnaufe ich, „ihr solltets doch einen Winterschlaf halten!"
Aber noch habe ich die Autotür nicht zu. Ich gleite wieder auf den Vordersitz, mach einen Spalt auf. Wieder probieren ein paar von den Idioten, dass sie ins Auto kommen, aber ich schlage fünf, sechs Mal mit voller Kraft die Tür zu, dann sind auch die erledigt. Und jetzt gebe ich Gas. Ich fahre, so

schnell ich kann. Einfach nur pressen. Meiner Erinnerung nach bin ich bis Wien kein einziges Mal vom Gas gegangen. Zwei Strafzettel bezüglich Geschwindigkeitsüberschreitung über einmal 110 und einmal 150 Euros sind meine Zeugen. Mit ein wenig psychohygienischem Abstand habe ich dann ein paar Internet-Nachforschungen angestellt und ich meine, dass ich heute weiß, was für ein eigen- und absolut einzigartiges Phänomen mir da in der Vorarlberger Einschicht begegnet ist. Auf die Spur gebracht hat mich die verbogene Antenne von meinem Auto. Wie ich die daheim dann genauer untersucht habe, bin ich draufgekommen, dass die vollkommen zerbissen war. Und zwar nicht da und dort ein paar Zahnspuren, sondern da müssen mehrere Eichkatzerl massiv dran gewerkt haben. Dann ist mir eingefallen, dass doch erstens während meinem kurzen Zwischenstopp im Wald der Wetterbericht gerannt ist und dass ich zweitens einmal eine Ö1-Sendung über so Spitzmäuse in Alaska gehört habe, denen beim Winterschlaf quasi das Blut einfriert und erst im Frühling wieder auftaut, was an sich von der Natur her gut gedacht ist. Scheiße ist es halt, wenn es – was hin und wieder vorkommt – ein Erdbeben gibt, weil da bricht dann nämlich Millionen alaskischen Spitzmäusen das gefrorene Blut einfach ab. Das ist keine Erfindung von mir: Die gefrorenen Blutbahnen oder Venen oder was von denen machen durch die Erschütterung einen Knackser und die Viecherl sind alle perdü!
Meine Theorie also: Die sonst so zurückhaltenden Eichkatzerl sind aus ihrem Winterschlaf aufgewacht und haben aus einer gewissen hypersensitiven Vorahnung heraus die Straße aufgesucht, weil sie gewusst haben, da fährt öfters wer vorbei. Dann haben sie aus meinem Auto den Wetterbericht gehört, und sie haben sich ausgerechnet, dass das ihr garantierter Tod wäre. Also haben sie geschaut, dass sie zu mir ins warme rettende Auto schliafen. Ich war ihre einzige Hoffnung. Naja, oft hast du ein Pech.
Was ich an der Geschichte so faszinierend finde, ist nicht nur das unheimliche Gespür der Tiere, sondern auch was für eine große Rolle der Zufall darin spielt. Wenn nicht ak-

rat bei meinem kleinen Pauserl der Wetterbericht gerannt wäre, sondern das Ö1-Quiz, dann hätten die Eichkatzerl vielleicht untereinander gerätselt, wann der Brahms welche Symphonie geschrieben hat oder wie der letzte Film vom Reinhold Bilgeri geheißen hat und sie wären nicht vom Wetterbericht so in Panik versetzt worden. Stattdem hätten sie ein bisschen herumgerätselt und dann hätten sie gesagt, wurscht, und sie wären wieder ins Bett gegangen. Wenn sie nicht so panisch-aggressiv auf mich zugerannt wären und sie mir stattdem irgendwie signalisiert hätten, dass sie nur ins warme Auto wollen, ja mein Gott na, dann hätten sie sich halt in den Kofferraum und auf die Rückbank gesetzt und ich hätte sie, statt dass ich sie mit dem Wagenheber ausknocke, nach Wien mitgenommen. Dann täten sie jetzt fröhlich im Schönbrunner Schlosspark herumspringen.
Was ich mir nach wie vor nicht erklären kann, ist dieser mysteriöse Haselnuss-Geruch, der ja auch irgendwie mit der Sache zu tun haben muss, da bin ich absolut sicher, zumal er seither nicht mehr aufgetaucht ist. Wobei: Gestern ist mir wieder kurz vorgekommen, ich rieche was…

Nachtrag

Ich habe ja am Anfang die Story von dem Hund gebracht, der seine Besitzer auf der Autobahn vor einem großen Unglück bewahrt hat – da ist mir tatsächlich einmal etwas ganz Ähnliches passiert, zufälligerweise ebenfalls in Vorarlberg. Und zwar habe ich da ein Gastspiel meiner mittlerweile legendären *Fire, Light & Austrofred*-Show gegeben. Herzstück dieser aufwändigen Mega-Tournee waren unter anderem zehn mannshohe leuchtende Buchstaben, die im Bühnenhintergrund meinen Namen gebildet haben. Unter anderem wegen dieser Buchstaben habe ich ein paar starke, bodenständige und gewiefte Männer als Roadies dabeigehabt, ausgebildete Feuerwehrler und Theaterwissenschaftler vom Arbeitsmarktservice, eine super Truppe, mit allen Wassern gewaschen. Der stärkste, bodenständigste und gewiefteste dieser Männer

hat auf den Namen Binder-Reisinger Thomas gehorcht, der jüngste Spross einer Hackler-Familie aus der Nähe von Vöcklabruck. Und genau diesen Binder-Reisinger Thomas haben wir bei der Anfahrt zum Conrad Sohm, einer legendären Location bei Dornbirn, auf der Autobahn-Raststätte vergessen. Und zwar war das am 1. Februar 2013. Ich habe das nämlich nachgeschlagen, weil exakte Daten sind wichtig bei so unglaublichen Geschichten wie den meinigen, weil sonst sagt wer, der Austrofred erfindet sich das alles zusammen. Mitnichten! Das sind alles überprüfbare Fakten. Rufts an beim Conrad Sohm, dort werden die euch bestätigen können, dass ich am 1. Februar 2013 bei ihnen gespielt habe. Hand drauf.
Auf jeden Fall habe ich dann die Bühne mit einem Mann weniger aufbauen lassen und war quasi schon in den Startlöchern, ein paar Minuten waren noch bis zur Show, auf einmal rennt der Binder-Reisinger Thomas herein und schreit: „Halt! Stop! Champion, pass auf! Beim U hat sich ein Kabelbinder gelöst! Wenn da der Subwoofer buhrt, vibriert die Bühne und irgendwann fällt das U auf dich drauf. Dann bist du tot, Chef!"
Meine Sachverständigen haben dann die Buchstaben fachlich begutachtet und es war auf Punkt und Beistrich genauso wie es der Thomas beschrieben hat – obwohl der das doch nach irdischen Maßstäben gar nicht wissen hat KÖNNEN und er auch nicht mit den außergewöhnlichen Sinnesorganen eines Hundes ausgestattet ist, sondern mit den eher sogar unterdurchschnittlichen eines Hausruckviertlers.
Danach hat mein Fahrer den Thomas direkt ins Hotel gebracht, wo er bis zum nächsten Tag durchgeschlafen hat. Beim Check-Out habe ich ihn dann erwischt, wie er am Boden heimlich Wasser aus einer Schüssel getrunken hat... Ja, es passieren seltsame Dinge auf der Welt, die sich mit unserer begrenzten österreichischen Schulweisheit (Stichwort: Pisa) nicht erklären lassen.
Wobei: Wenn ich es mir recht überlege, dann war das auch nicht sooo seltsam – der Thomas macht ja auch Yoga und solche Sachen, der ist schon auch von Haus aus ein bisschen speziell.

Daniel Wisser

Der Bürgermeister der Rinder

Immer wieder, sozusagen täglich, sagte der Chefredakteur zu Huitzinger, dass er sich eine *ausgewogene* Berichterstattung erwarte. Immer wieder sagte, nein, brüllte der Chefredakteur das Wort ausgewogen in Huitzingers Gesicht. Wenn Stainzer von den Unabhängigen zitiert werde und das auf Seite 3, brüllte der Chefredakteur einmal in Huitzingers Gesicht, wobei Huitzinger gleich darauf den Speichel des Chefredakteurs von Stirn, Wangen und Augenbrauen wischte, dann könne Zechmeister von der Zentrumspartei nicht auf Seite 11 zitiert werden. Und wenn Zechmeister sieben Zeilen lang zitiert werde, brüllte der Chefredakteur ein anderes Mal in Huitzingers Gesicht, wobei dieser versuchte, nicht einatmen, um den Mundgeruch des Chefredakteurs nicht zu inhalieren, könne Stainzer nicht nur vier Zeilen lang zitiert werden. Ausgewogen müsse es sein, brüllte der Chefredakteur immer wieder und Huitzinger verstand und fand, dass sogar Speichel und Mundgeruch in der Atemluft des Chefredakteurs ausgewogen waren. Ansonsten habe er, sagte der Chefredakteur, am nächsten Tag Zechmeister oder Stainzer oder gar beide in der Redaktion sitzen und müsse sich anhören, dass es keine Ausgewogenheit in der Berichterstattung mehr gäbe und dass man sich überlegen müsse, bei Insertionskosten und großzügigen Inseraten in Zukunft mehr Sparsamkeit walten zu lassen. Bei dieser Gelegenheit zeigte Huitzinger dem Chefredakteur auch den Entwurf zu seinem Artikel über den Blitz im Mühlviertel.

Der Blitz im Mühlviertel

Am 18. Juli schlug in Julbach im Mühlviertel während eines heftigen Gewitters ein Blitz in die Scheune des Bauern Hartl Max, wobei dieselbe samt Futtervorräten und Fahrnissen ein Raub der Flammen wurde. Auch der Stall brannte ab. Schon Tage zuvor hatte der Blitz etwa fünfundvierzig Kilometer von Julbach entfernt in Lichtenberg in die Häuser der Bauern Wöß Franz und Nigl Adolf eingeschlagen, seinen Weg in die Stallungen gemacht und dort einen Ochsen und eine Kalbin getötet. In St. Peter am Windberg schlug der Blitz in das Madergut ein. In Neukirchen am Wald schlug der Blitz während des Nachmittagsgottesdienstes in die Kirche ein. Einer Frauensperson durchlöcherte in Goldwörth der Blitz den Regenschirm. In Gallneukirchen, St. Georgen an der Gusen, Gratz, Greinsberg und Gramastetten verursachte der Blitz Brände. Neun Schweine verbrannten. In Abersee brannte ein Bauernhaus infolge Blitzschlages ab. Der gesamte Viehstand wurde vernichtet. In Ottensheim schlug der Blitz in den Kirchturm ein. Die Messe musste unterbrochen werden. In Hellmonsödt schlug der Blitz in ein Bauerngut ein. In Prägarten schlug der Blitz in zwei Heustadel ein. In Reichenthal schlug der Blitz in ein Haus ein. In Hofkirchen im Mühlkreis schlug der Blitz in ein Bauernhaus ein, ohne zu zünden, tötete jedoch ein Kalb. In Pasching erschlug der Blitz einen vierzehnjährigen Knaben. In Kreuzen schlug der Blitz in ein Haus ein und tötete dessen Besitzer. In Blindenmarkt wurde eine Person vom Blitz erschlagen, ebenso in Tragwein, Kriechbaum und Schauerschlag. In Gramastetten hat der Blitz abermals eingeschlagen und zwar in das Wegmacherhäusl an der Linzer Straße. Auch in die elektrische Leitung schlug er mehrmals ein. In St. Leonhard bei Freistadt brannten drei Häuser infolge Blitzschlages ab. In Ried meldete der Turmwächter acht Brände. Die Aurach trat aus den Ufern und richtete eine solche Überschwemmung an, dass Brücken weggerissen und Menschen die Habseligkeiten weggetragen wurden, in manchen Häusern das Wasser bei den Fenstern ein- und ausrann und in anderen durch den Blitzschlag verursachte Brände unbeabsichtigt gelöscht wurden. In Pürsting, Pfarre Sandl, schlug der Blitz in das Haus des Bauern Stütz ein und erschlug, ohne sonst weiter zu schaden, eine Haushenne. Über Haslach entlud sich ein zündender

Kugelblitz und schlug in die Telegraphenleitung ein. In Wintersdorf bei Reichenau ist das sogenannte Krücklhaus abgebrannt, wobei auch drei Rinder und alle Fahrnisse zugrunde gingen.

Unvorsichtigerweise fügte Huitzinger, nachdem der Chefredakteur seinen Entwurf gelesen hatte, hinzu, er werde den Artikel noch kürzen, weil darin viel zu viele Ortsnamen vorkämen. Für ein, zwei Sekunden herrschte Stille. Er ersuche ihn, nein, er bitte ihn, brüllte der Chefredakteur daraufhin noch lauter zu Huitzinger, während ein Essensrest aus seinem Mund schoss und knapp über Huitzingers rechter Augenbraue in dessen Gesicht landete, nein, er flehe ihn an, um Gottes und aller Heiligen willen keinen einzigen Ortsnamen aus dem Artikel zu entfernen. Wie solle er denn dem Bürgermeister von Dingshofen erklären, dass Bumshofen in diesem Artikel vorkomme, Dingshofen aber nicht, brüllte der Chefredakteur. Und wie solle er dem Bürgermeister von Dingshofen erklären, fügte der Chefredakteur nun mit etwas heiserer Stimme hinzu, während sich Huitzinger mit dem Ärmel der rechten Hand über Stirn und Augenbrauen wischte, dass ausgerechnet Dingshofen in diesem Artikel nicht angeführt werde, das benachbarte Bumshofen aber sehr wohl. Nein, er rate unbedingt dazu, sagte der Chefredakteur, keinen einzigen Namen aus dem Artikel herauszuelidieren, sondern ihn in vollem Umfang abzudrucken. Zwar kämen, fügte der Chefredakteur hinzu, darin mehr Schweine als Rinder vor, aber die Rinder hätten ja zum Glück keinen Bürgermeister.

Gabriele Kögl

Wenn ich einen Vogel hätte...

Immer nach den morgendlichen Schreckensmeldungen bei orf.at schaute ich mir Katzen-, Hunde- und Eichhörnchenvideos an. Besonders mochte ich es, wenn Tiere einander sympathisch finden, von denen es heißt, dass sie natürliche Fressfeinde seien. Wenn eine Katze mit einer Maus kuschelt, ein Hund mit einem Vogel spielt oder ein Eichhörnchen sich unter Katzenbabys schmuggelt und glaubt, es sei selber ein Kätzchen. Mein Lieblingsvideo handelt von einer Löwin, die ein Antilopenjunges entführt hat und mit ihm herumzieht. Sie verteidigt es gegen andere Löwen wie ihr eigenes Kind. Ich habe diese Geschichte weiter recherchiert, habe erfahren, dass die kleinen Antilopen der Löwin immer wieder auf dem Menüplan anderer Löwen stehen. Bei guter Gelegenheit werden sie verspeist. Meist dann, wenn die Löwin selber auf Futtersuche geht oder aus einem anderen Grund nicht genug auf ihr Kind aufpassen kann. Sie ist dann sehr traurig, sucht wieder nach einem Antilopenkind, trennt es von seiner Herde und nimmt es an Kindesstatt an.
Ich liebe diese Geschichten, weil sie beweisen: auch das Gegenteil von Regeln oder Gesetzen existiert.

Im Video, das ich als nächstes anschaute, sitzt ein Hund auf einer Eisscholle, sie treibt auf dem offenen Meer. Die Seeleute eines Frachtschiffs sehen den Hund. Einer springt in seiner Arbeitsmontur ins Wasser, schwimmt zu ihm hin und schiebt die Eisscholle an das große Schiff heran. Dann nimmt er den Hund auf den Arm und klettert mit ihm die Leiter hinauf auf das Schiff. Die anderen Seeleute nehmen den Hund in Empfang. Ich finde das seltsam, gebe keinen Daumen. Warum haben die Matrosen nicht ein kleines Boot ins Wasser gleiten lassen mit einem Mann drauf? Warum riskiert jemand sein Leben im eiskalten Wasser, wenn es auch anders ginge? Oder ist es Absicht, eine spektakuläre Rettung zu filmen, die dann tausendfach angeklickt wird? Hat man den Hund vielleicht auf eine Eisscholle gesetzt, weil das Filmen einer Tierrettung Zeitvertreib für gelangweilte Matrosen ist?

Im Foyer des Supermarkts warteten Pflanzen wie Tiere in Heimen auf neue Besitzer. Sie schauten mit großen traurigen Blütenaugen und hofften, dass sich jemand erbarme. Ausgetrocknet, mit hängenden Köpfen oder mit faltigen Blättern vegetierten sie ihrem baldigen Tod entgegen. Am liebsten hätte ich alle mitgenommen. Aber ich packte nur meine Wasserflasche aus und goss die armen Kreaturen. Wenn sie ihre Köpfe wieder heben, sieht jemand vielleicht ihre Schönheit und nimmt sie mit, bevor sie sterben.

Wieder zu Hause, fütterte ich „Google" mit dem Begriff „Gerettete Hunde" und bekam ein Video von Jordan angeboten. Er sitzt irgendwo in Los Angeles in einem tiefen, betonierten Flussbett, das nur wenig Wasser führt, ähnlich wie der Wienfluss. Er kauert auf einem angeschwemmten Plastiksack und schützt sich auf diese Weise ein wenig gegen die Nässe. Er ist abgemagert, wirkt apathisch, zittert. Junge Leute haben ihn entdeckt und dann die Tierrettung gerufen. Eine lange Leiter wird in das Flussbett gelassen, ein junger Mann steigt hinunter, geht auf den kleinen Hund zu. Er streichelt ihn, der Kleine wimmert und zittert. Der Mann hebt ihn auf. Nun wird sichtbar, dass dem Hund ein Hinterbein fehlt.
Die jungen Leute befestigen einen Strick an einem Gemüsekorb, der mit einem weichen Tuch ausgepolstert ist. Sie lassen den Korb in das Flussbett hinunter. Vorsichtig legt der Mann den kleinen Kerl hinein. Die Leute ziehen den Korb langsam hoch, der Mann steigt die Leiter wieder hinauf, achtet darauf, dass der Korb beim Heraufziehen nicht an die Betonwand schlägt. Die jungen Leute sagen, ein Obdachloser hätte dem Hündchen das Bein abgeschnitten und den Kleinen dann in den Fluss geworfen.
Der Mann, der in das Flussbett hinabgestiegen ist, nennt den Hund Jordan, er bringt ihn mit einem Auto in die Tierklinik. „Oh my god", ist der entsetzte Ausruf, den Jordan angesichts

seines erbärmlichen Zustands ständig zu hören bekommt. Zuerst versorgen die Tierärzte Jordan mit Infusionen und Schmerzmitteln, reinigen seine Wunden. Er wird gebadet und gestreichelt. Vier Tage später ist er so weit stabil, dass er operiert werden kann. Der Rest seines Beines wird amputiert, damit ihn der Stumpf beim Laufen so wenig wie möglich behindert. Nach der Operation kommt er in Pflege. Zwei größere Hunde nehmen ihn wie ihr Baby auf. Jordan legt sich auf den Rücken, streckt seine drei Beinchen weit von sich. Den Hals reckt er den größeren Hunden entgegen, um sich von ihnen kraulen oder abschlecken zu lassen.
Ich konnte fühlen, wie gut es ihm geht, wie sehr er sein neues Leben auskostet.
In einer physikalischen Therapie zieht er einen großen Ball in einem Netz hinter sich her, das stärkt die Muskeln seiner drei Beine. Er schleckt seine Pflegegeschwisterhunde ab, zeigt ihnen seine Zuneigung, sein Glück. Es ist hinreißend, wie er die beiden anderen Hunde zum Spielen animiert, wie er sie zum Pool lockt, sie mit Springen und Schwanzwedeln überredet, mit ihm schwimmen zu gehen. Das verlorene Bein fehlt ihm nicht mehr. Die Lebensfreude, die er mit seinen klugen, wachen Augen ausstrahlt, ist ansteckend. Als würde er in jedem Moment wissen, wie wunderschön das Leben ist. Er läuft mit den großen Hunden um die Wette, veranstaltet Schleckorgien nach phantastischen Tagen. „Jordan lost his leg, but he never lost his hope“, stand auf dem Abspann des Videos.

Am Nachmittag rettete ich Pflanzen in der Stadt. In der Nische einer Boutique, zwischen Auslagenscheibe und Mauer, ließ ein Strauchmargeritenbäumchen die verblühten Köpfe hängen. Ich beugte mich hinunter und griff in die Erde. Sie war staubtrocken. Das war typisch. Im Herbst kümmern sich die Leute nicht mehr um ihre Pflanzen. Das Bäumchen hat seine Schuldigkeit getan, jetzt kann es verrecken. Ich hatte meine Wasserflasche am Hydranten aufgefüllt und goss das Pflänzchen, bis sich das Wasser im Untersetzer füllte. Nun

konnte es langsam trinken und die dehydrierten Stämmchen wieder aufrichten. Am liebsten wäre ich geblieben und hätte ihm zugesehen, wie es genas, wie das Leben zurückkehrte in den erschlafften Pflanzenkörper. Doch eine männliche Stimme riss mich aus meinem Schauen.
"Was machen Sie hier?", fragte mich der Mann streng. Erschrocken blickte ich auf.
"Die Pflanze gießen, das sehen Sie doch!"
"Wer hat Ihnen das aufgetragen?"
"Niemand, ich sehe selber, dass das Bäumchen vertrocknet, wenn man es nicht gießt!"
"Das hat früher meine Frau gemacht", sagte der Mann, der mir nicht unattraktiv schien und der anscheinend der Besitzer der Boutique war. "Sie sind vielleicht ein seltsamer Mensch", meinte er weiter und schüttelte den Kopf. "Würden Sie mit mir auf einen Kaffee gehen?"
"Jetzt gleich", fragte ich. Zeit hätte ich gehabt. Und einen Vortrag über den richtigen Umgang mit Pflanzen hätte ich ihm gerne gehalten.
"Jetzt gleich kann ich nicht, aber in zwei Stunden kommt meine Mitarbeiterin!"
"In zwei Stunden kann ich nicht mehr", sagte ich und hob bedauernd die Schultern.
"Dann vielleicht morgen", blieb er hartnäckig.
„Wenn ich bei Ihnen meine Flasche auffüllen darf? Es gibt noch andere Pflanzen, die auf Rettung warten!", sagte ich.

Als ich weiterging, entdeckte ich den Hund. Er saß auf dem Schoß eines Obdachlosen, der an einer Hauswand kauerte. Der kleine Hund schmiegte sich eng an den Mann, schaute gelassen, aber mit wachen Augen auf die vorbeiziehenden Menschen. Ich stutzte. Das Hündchen sah aus wie Jordan. Nicht wie Jordan, dem es schlecht ging, sondern wie der gut genährte Jordan, der sein Glück gefunden hat.
Ich kramte in meiner Tasche. Wasser brauchte der obdachlose Mann nicht, aber er sollte immer genug Geld haben, um für Jordan zu sorgen. Mir war schon öfter aufgefallen, dass Ob-

dachlose gepflegte und gut genährte Hunde bei sich hatten, die einen zufriedenen Eindruck machten. Ich suchte nach einem Zwei-Euro-Stück in meinem Portemonnaie. Während ich noch im Münzbereich wühlte, streckte und dehnte sich das Hündchen und kam schwanzwedelnd auf mich zu. Ich traute meinen Augen nicht. Es fehlte ihm das rechte Hinterbein. Ich beugte mich zum Hund hinunter, strich ihm sanft über den Kopf. Er hatte die gleichen wachen und klugen Augen wie Jordan aus Los Angeles. Konnte es sein, dass Jordan hier gelandet war und bei dem obdachlosen Mann sein Glück gefunden hatte?
„Hallo Jordan", begrüßte ich das Hündchen und steckte einen Zehn-Euro-Schein in die Blechdose, auf der noch das Hundefutteretikett klebte. Kaum war das Geld in der Dose, lief der dreibeinige Hund zu seinem Herrchen zurück und setzte sich wieder auf dessen Schoß.
„Er heißt nicht Jordan", sagte der obdachlose Mann, „er heißt River". Und River schaute ihn an, als würde er sich für die Richtigstellung bedanken.
Ich ging weiter, war verwirrt. Was hatte ich gerade erlebt? Was war Realität, und was bildete ich mir bloß ein?

Als ich wieder zu Hause war, gab ich den Begriff „Rescued dog Jordan" in die Googlemaschine ein. Ich wollte der Ähnlichkeit von Jordan und River auf den Grund gehen. Ich bekam ein weiteres Video angeboten, eine dreizehnminütige, doppelt so lange Version als die bisher gesehene, und eine andere Perspektive.
Jener Mann, der Jordan aus dem Flussbett holt, wird von einem der jungen Menschen gefilmt, die bei der Tierrettung angerufen haben. Nun sehe ich, dass der Mann von der Tierrettung mit einer Kamera die Leiter an der betonierten Mauer zum Fluss hinuntersteigt. Er hat den Filmapparat auf den kleinen Hund gerichtet, er kann sich nur mit einer Hand an der Leiter festhalten. Filmend geht er auf den Hund zu, filmend hebt er ihn auf. Er kann ihn nur mit einer Hand tragen, denn mit der anderen hält er die Kamera auf das verletzte Tier. Selbst

als er mit dem Korb vom tiefen Fluss über die lange Leiter auf das Straßenniveau klettert, hört er nicht auf zu filmen. Er riskiert es, dass der Korb an die Kaimauer schlägt, dass dies den traumatisierten Hund noch mehr verschreckt, vielleicht sosehr, dass er aus dem Korb springen würde.
Das Filmen dieser Rettung war dem Mann anscheinend wichtiger als die Rettung selbst.
Was ging hier vor? Was wurde inszeniert? Was stimmte überhaupt an der Geschichte, die mir so zu Herzen gegangen war. Und warum befindet sich der erholte Jordan in dieser Fassung zuerst auf einem Hühnerhof, wo er den Hühnern nachläuft, und dann in einem eleganten Haus mit Swimmingpool? Ist es wirklich der gleiche Hund, den ich vom Anfang bis zum Ende des Videos sehe? Oder spielt man den Zusehern eine Tierstory vor, die es in Wirklichkeit nicht gibt? Was, wenn Jordan gar nicht gerettet wurde? Wenn er die Operation nicht überlebt hat, oder seinen Schrecken über das Geschehene nie verlor und apathisch blieb? Wenn ein anderer, ähnlicher Hund jenen Jordan verkörpert, der die Lebenslust wiedergewinnt und auf drei Beinen fröhlich durch das Leben saust? Ich war verstört. Was konnte, was durfte ich glauben?

Ich probierte es noch einmal mit Schlaf, gab ihm noch eine Chance, mich zu holen, obwohl ich ahnte, es würde nichts nützen. Nach längerem Hin- und Hergewälze stand ich auf und schleppte mich zum Laptop. Ich brauchte Ablenkung von meinem vergeblichen Rufen nach dem Sandmann. Ich suchte nach ein bisschen Sicherheit im Netz. Vielleicht erfahre ich wieder etwas über Jordan, oder ich stoße auf eine andere Tiergeschichte, die ein gutes Ende findet. Ich kam auf die Seite von Wildlife – Wildes Wohnzimmer. Die Seite gehörte Xenia, einer privaten Tierretterin. Neben winzigen Katzenbabys, die sie mit der Flasche aufzieht, betreut sie Hamster, Mäuse und Marder. Vor kurzem ist sie auch Ziehmutter eines kleinen Vogels geworden, der aus dem Nest gefallen ist. Noch völlig nackt, nur aus Haut und Gerippe bestehend, mit einem überbreiten, grellgelben Schnabel, der über die ganze Querseite

des Kopfes reicht, liegt er in der großen, fleischigen Hand der Frau. Xenia füttert den winzigen Vogel mit einer Spritze. Fürs Erste gibt sie ihm Kittenbrei, den sie mit einer zerdrückten Raupe vermischt. Der Kleine reißt den Schnabel auf, er scheint nur aus einem riesigen Schlund zu bestehen. Er futtert, als ginge es mit jedem einzelnen Schlucken um sein Leben. Danach streckt er sich auf der Hand der Frau aus, schläft ein. Wie ein menschlicher Embryo sieht er aus mit den dünnen Beinchen unter der transparenten Haut.
Ich scrollte weiter. Die Frau schrieb, sie habe sich bei der Wildvogelhilfe erkundigt. Dort meint man, der Vogel sei erst zwei Tage alt. Er wiegt 9 Gramm. Inzwischen hat sie Aufzuchtsfutter gekauft. Alle zwei Stunden bekommt er 0,2 ml Futterbrei. Sie zeigt auch Fotos von erstaunlicher Menge Vogelkot des kleinen Tiers und schreibt dazu: Verdauung funktioniert!
Zwei Tage später richtet sich der Vogel bereits auf. Sein Lebenswille explodiert, Flügelspitzen beginnen zu wachsen. Wo ein Schwanz entstehen sollte, bildet sich ein behaartes Kügelchen. Am fünften Tag piepst er, die Flügel sind bereits schwarz befiedert. Nun schreit er nicht nur, wenn er Hunger hat, sondern auch, wenn er auf die Hand der Frau möchte. Am Abend desselben Tages macht er ein Äuglein auf. Xenia besorgt Würmer, die unten in einem ähnlichen Zustand herauskommen wie sie oben hineingestopft werden. Sie weiß nun, dass ihr Vogel ein Feldspatz ist. Sie nennt ihn „Pippo“. Inzwischen hat er auch zwei Gramm an Körpergewicht zugelegt. Am Tag sechs wachsen ihm schon richtige Flügel, der Kopf ist längst größer als der dottergelbe Schnabel. Einen Tag später schnarrt er wie ein Rohrspatz, wiegt nach dem Füttern sechzehn Gramm.
Nach einer einzigen Woche Betreuung sieht aus er wie ein richtiger kleiner Vogel, mit Gefieder und Schwanz. Und am elften Tag plustert er sich auf wie ein Großer. Ein fix und fertiger Vogel ist er geworden und schaut mit wachen, neugierigen Augen in die Welt. Er sitzt auf einem Ast, ist in der Lage, sich das Fressen selbst aufzupicken. Er übt das Fliegen, landet am liebsten auf Xenias Schulter. Ein paar Tage später fliegt er

in einer von Xenia gebauten Voliere aus einem großen, mit Netz bespannten Karton von Ast zu Ast und möchte doch am liebsten immer auf ihrer nährenden Hand landen. Nach ein paar weiteren Tagen ist es so weit. Xenia bringt den kleinen großen Pippo in eine Auswilderungsstation. Dort muss er sich erst einmal an andere Vögel gewöhnen. Langsam wird er auf ein Leben in Freiheit und Selbständigkeit vorbereitet. Es kam ein Bild aus der Station, das Pippo gemeinsam mit anderen Spatzen in einer zimmergroßen Voliere zeigte. Es geht ihm gut. Ende der Geschichte.
Ich atmete auf, wollte mir aber nicht vorstellen müssen, wie die Geschichte womöglich weiterging. Dass Pippo zu wenig Scheu vor Katzen hat, weil er bei Xenia mit Fellnasen konfrontiert wurde, kastriert und wohlgenährt, die kein Interesse an einer Verspeisung des Vogels zeigten. Oder Pippo hat zu wenig Scheu vor Menschen, die in einem Feldspatz kein lebenswertes Tier erkennen. In meiner Kindheit auf dem Land war es ein beliebtes Hobby der Männer, auf Spatzen zu schießen. Ich sah mich um, frage mich, wie es wäre, wenn ich einen Vogel hätte. Die Birkenfeigen waren zimmerhoch, sie streiften bereits die Decke. Die Yukkas bildeten Seitenäste, weil sie in der Höhe nicht mehr weiterkamen. Ich hätte genügend Wildnis für ein kleines Vogelparadies in der Wohnung gehabt. Um dafür gewappnet zu sein, wollte ich in eine Tierfutterhandlung gehen, Aufzuchtsfutter besorgen. Kittenmilch hatte ich nicht zu Hause, genaugenommen nicht einmal genügend Kuhmilch, um einen Kaffee aufzuschäumen. Ich wusste auch nicht, ob ich spontan eine Fliege oder eine Mottenlarve in der Wohnung fände, selbst die Haferflocken mit den Würmern drin hatte ich entsorgt.

„Christian", sagt der Mann, der mir gegenüber Platz nahm. Er streckte mir die Hand entgegen. Ich verstand nicht gleich.
„Ich heiße Christian!"
Endlich kapierte ich, reichte ihm die Hand.
„Eva!"
Christian kam in der Boutique offensichtlich nicht genug zum

Reden. Er schien jemanden zu brauchen, dem er sein Herz ausschütten konnte. Es war wie eine Entschuldigung, als er damit anfing, dass seine Frau immer alle Pflanzen gegossen habe, da wäre nichts vertrocknet und im Winter auch nichts erfroren. Aber dann habe es ihn eiskalt erwischt, als seine Frau plötzlich die Scheidung wollte. Für ihn sei das Leben in Ordnung gewesen. Er habe viel gearbeitet, seine Frau auch. An den Wochenenden sei er meist zu Hause gewesen, mit dem Sohn zum Fußball gegangen. Sie hätten sich mit Freunden getroffen.
Das Schlimmste war für Christian aber, dass es keinen neuen Mann im Leben seiner Frau gab, der ein Grund für die Trennung gewesen wäre. Das habe ihn am meisten gekränkt. „Wäre da ein Typ gewesen, in den sich meine Frau verliebt hätte, ich hätte gewusst, wer mein Feind ist", so drückt er sich aus. Aber die Gegner seien unsichtbar geblieben, und imaginäre Feinde seien die schlimmsten.
Am wenigsten verstand Christian, wie viel Wohlstand seine Frau bereit war aufzugeben, nur damit sie von ihm wegkam. Sie hätten mehrere Boutiquen in der Innenstadt und in den guten Bezirken. Und zum Leben eine schöne Altbauwohnung mit Parkblick und Balkon. Urlaube, wohin sie wollten, ein Wochenendhaus am Baggersee. Auf all das verzichtete sie, um ihren Mann loszuwerden. Er wollte wissen, ob ich das verstehen könne. Er verstand es nicht.
Ich wollte ihn nicht fragen, wie seine Ehe im Detail gewesen sei, schon aus Selbstschutz wollte ich es nicht. Ich wollte keine Situation aufkommen lassen, um für Intimitäten, die Christian erzählte, eigene Intimitäten preisgeben zu müssen. Ich schaute auf die Uhr, sagte, dass ich gehen müsse.
Christian war enttäuscht, er hatte sich so schön in Stimmung geredet. Wohin ich denn so dringend müsse.
„Aufzuchtfutter für Jungvögel besorgen", sagte ich. „Wenn ich mich nicht beeile, stehe ich vor einem verschlossenen Geschäft!"
Wofür ich es so dringend brauche. Ob ich junge Vögel zu Hause hätte?

„Nicht im Moment. Aber ich möchte vorbereitet sein, falls mir welche zufliegen", sagte ich etwas kokett.
Christian schüttelte den Kopf. „Jetzt, im Herbst?"
„Die späten Vögel fallen auch im Herbst aus den Nestern", ich lachte ihn an. Er schaute verständnislos. Ich zuckte mit den Schultern. Mehr gab es nicht zu sagen.
Er zuckte zurück: „Tut mir leid, aber ich verstehe nicht!"
Mir auch, dachte ich. Wenn er verstehen könnte, ginge er jetzt mit mir und kaufte ebenfalls eine Packung Vogelfutter.
„Sehen Sie", sagte ich, „aber ich verstehe, warum Ihre Frau Sie verlassen hat!"
„Warum?"
„Weil Sie Ihrer Frau nie Futter mitgebracht haben!"
„Futter?"
„Für die Vögel!"
„Welche Vögel?"
„Die Ihnen zugeflogen wären, vielleicht!"

Am Abend schaute ich nach, was es auf Xenias Seite Neues gab. Dabei wurde mir Let's Adopt vorgeschlagen, eine spanische Tierschutzorganisation, die scheinbar aussichtslose Fälle behandelt. Dort zeigte man das Video eines verbrannten Hündchens namens Noah. Ein junger Mann in Valencia engagiert sich für schwerstverletzte Tiere. Durch komplizierte und langwierige Operationen können sie vielleicht noch gerettet werden. Noahs kompletter Rücken ist eine einzige verbrannte Fleischwunde. Die Augen sind ebenfalls trüb und verschwollen, als ob auch sie verbrannt wären. Das kleine Hündchen sieht erbärmlich aus. Trotz der grauenhaften Verletzungen steht es aber tapfer auf seinen dünnen Beinchen, möchte leben. Kein Funken Resignation ist in dieser kleinen Tierseele zu erkennen. Es heißt, die Polizei habe den Kleinen in die Tierklinik gebracht. Er wurde auf der Straße gefunden. Es ist nicht zu erfahren, was genau passiert ist, aber es gibt unzählige Empfehlungen in den Kommentaren, was mit der Person gemacht werden sollte, die dem Hündchen das angetan hat.

Wer weiß, vielleicht hat es einen Brand gegeben. Bei der Trockenheit im spätsommerlichen Spanien wäre das kein Wunder, Noah wurde von den Flammen erfasst, konnte aber gerade noch weglaufen. Niemand weiß, was wirklich geschehen ist, aber alle möchten den einen erwischen, der schuld ist, und sie möchten am liebsten selbst über ihn richten.

Für Noah sieht es nicht gut aus. Die Ärzte haben zwar das verbrannte Fleisch, die lose Haut und die Fellfetzen entfernt. Aber der Rücken des kleinen Hundes ist nun ein einziges rohes Fleisch, das mit einer speziellen antibakteriellen Honigsalbe behandelt wird.

Mein Blick verschwamm, es trieb mir Tränen in die Augen. Hatte das Tier wirklich eine Chance, oder benützte man sein Leiden, um die Mitleidsdrüsen der Tierfreunde zu drücken? Wollte man damit möglichst viele Spendengelder auftreiben? Ich stellte mir vor, wie es wäre, dieses Tier zu töten, und schon schwanden alle Zweifel. Wie sollte man dem Hündchen mit diesem ungebrochenen Lebenswillen und dem durchdringenden Blick die Todesspritze geben, während es einen voll Vertrauen und Zuversicht anschaut, überzeugt davon, dass es leben darf.

Ich schaltete um auf meinen E-Mail-Account. Karg waren die Nachrichten. Wenn sie eintrudelten, dann meist von Non-Government-Organisationen, die mich baten, für den Regenwald oder gegen Tiertransporte und Pelzfarmen zu unterschreiben. Das machte ich regelmäßig. Es war der kleinste Aufwand, meinen Namen auf eine Liste zu schreiben und „Senden" zu drücken. Dafür muss ich keinen Fuß vor die Tür setzen.

Bei „Let's Adopt" gab es Neuigkeiten über Noah. Der kleine, schwarze Hund ist trotz seiner schrecklichen Verbrennungen aufgeweckt und neugierig. Über das Fleisch des offenen Rückens ist ganz zart eine rosa Haut gewachsen. Noch immer ist nicht deutlich erkennbar, ob seine Augen etwas sehen, oder ob er den Kopf nur nach Gehör lebhaft in verschiedene Richtungen bewegt. Er hat nach wie vor einen Trichter um den

Kopf gestülpt, damit er nicht an seinen Wunden lecken und auch nicht daran beißen kann, wenn sie ihn jucken.
Ich spürte, wie sich mein Herzschlag beschleunigte, mir wurde heiß, als ich das Video sah. Und auf einmal hörte ich es piepsen. Zuerst dachte ich, das Piepsen käme aus dem Lautsprecher meines Laptops. Ich schaltete das Gerät aus. Doch es piepste weiter. Zuerst leise und zögerlich, dann immer lauter und immer fordernder.

LIFE

Sabine Schönfellner

Wilde Pferde

Das Pferd kommt ihm zu groß vor. Zu groß für die Stallbox, wo es mit dem Schweif an der Rückwand anstößt, zu groß, als dass jemand danebenstehen und es striegeln sollte, wie Lea es gerade tut. Wie man jemanden von seinem hohen Ross herunterholt, darum geht es vielleicht in Songs und Geschichten, aber viel wichtiger erscheint ihm gerade die Frage, wie man es überhaupt schafft hinaufzukommen. Die muskulösen schwarzen Schultern reichen ihm bis zu den Ohren. Das Pferd steckt die schwarze Schnauze zwischen den Gitterstäben der Box durch, er weicht noch einen Schritt zurück, hinter sich hört er ein Schnauben. Abrupt dreht er sich um, der braune Hengst hinter ihm schnaubt noch einmal, oder ist es eine Stute? Können Stuten auch so groß werden, dass sie einem von oben in den Kopf beißen und die Haare abfressen?
Lea lacht: „Vor wem hast du mehr Angst?"
Lea hat leicht lachen, sie ist jeden Tag hier, manchmal schon vor der Schule und nachher wieder. Lea hat eine teure, olivgrüne Steppjacke an, und kniehohe Stiefel, die bestimmt auch nicht billig waren. Die Haare sind streng nach hinten gebunden wie bei den anderen Mädchen hier. Sie hat eine Reitbeteiligung, er hat das Wort heute zum ersten Mal gehört, es klingt nach Reihenhaus und Mittelstandsfamilie mit zwei Autos und zwei Kindern. Ob sie einen Golden Retriever oder einen Schäferhund auch haben, weiß er nicht, er will es gar nicht wissen.
„Ich hab mich nur geschreckt", sagt er und es hört sich nicht einmal für ihn selbst überzeugend an.
Genau genommen hat er nie Reitstunden gehabt, er ist auf einem Pony im Kreis geritten, in einer düsteren Halle am Ende der Buslinie, und ein paar Mal auf der schlammigen Wiese dahinter. Sein Bruder hatte sich die Reitstunden gewünscht, und die Eltern hatten gedacht, er sollte ihn begleiten, und ihm auch welche geschenkt. Der Bruder

heulte, als er gleich beim ersten Mal vom Rücken rutschte und auf dem staubigen Boden landete, die Reitlehrerin half ihm kopfschüttelnd wieder hinauf.
Er kann sich nicht einmal erinnern, ob das sechs oder acht Jahre her ist. Leas Hengst dreht den Kopf hin und her und mustert ihn, als versuche er herauszufinden, was er von ihm will.
Er kann sich nicht erinnern, ob er je getrabt ist, galoppiert, er kann die Wörter auseinanderhalten, mehr nicht, erinnert sich nur an ein schmerzhaftes Holpern durch die Wiese und über Steine. Warum hat er ihr nur gesagt, er hätte jahrelang Reitstunden gehabt?
„Willst du nicht doch reinkommen?", fragt Lea noch einmal. „Du könntest mir helfen."
Er räuspert sich, lehnt ab, dann fällt ihm doch noch etwas ein: „Ich schau mich mal um. Und Karli scheint nervös zu sein, ich weiß nicht, was er von mir hält."
„Er ist immer so", ruft Lea ihm nach, während er in der Mitte des Boxengangs entlanggeht, ab und zu schnaubt es von links oder rechts, am Ende des Ganges steht ein Mann in sehr schmutzigen Stiefeln und versucht, einen weißen Hengst am Halfter aus der Box zu ziehen, das Tier stemmt sich dagegen. Wie der wohl mit Spitznamen heißt, vielleicht „Hansi" oder „Bärli"?
Er wollte Lea erst nicht glauben, dass sie den teuren Hengst, den ihre Eltern quasi mieten, wirklich Karli nennt, aber sie erklärte ihm, dass niemand ernsthaft die pompösen Züchternamen verwenden würde, „Reginald der Dritte" oder „Scheherazade". Zumindest niemand, den sie kannte, vielleicht machten das die Reiter bei den großen Turnieren anders.
An das Ende des Boxengangs schließt gleich eine Halle an, wo es nicht mehr so stark nach Pferdemist stinkt, aber die Luft ist trotzdem stickig. Er muss husten. Am anderen Ende der Halle steht ein Mädchen, ein Pferd läuft an einer sehr langen Leine im Kreis um es herum. Als er wieder hustet, ruft es herüber: „Was machst du da?"
Er geht zurück, Lea kommt ihm mit der Bürste in der Hand entgegen, ihr kleben einzelne Strohhalme an den Haaren.

Auch ihre Stiefel sind dreckig, fällt ihm auf, waren sie das schon, als sie gekommen sind, oder werden sie das hier einfach innerhalb von Minuten?
„Du könntest mir helfen, auf der Koppel steht noch das Pferd von einer Freundin, nach dem ich kurz sehen soll."
„‚Wild Horses' ist vielleicht doch nicht mein Lieblingssong", bringt er heraus.
Lea bleibt stehen und sieht ihn verständnislos an. Kann sie sich wirklich nicht mehr daran erinnern, wie sie auf einmal auf der Party doch mit ihm gesprochen hat, wie sie sich betrunken zu ihm lehnte und meinte, er könne doch Gitarre spielen, ob er auch „Wild Horses" spielen könne? Er überlegte einen Moment lang, von wem der Song war, ob sie den von den Rolling Stones meinte oder ob es noch einen anderen gab? Sie fing an, vor sich hin zu singen, erst irgendetwas von Dingen, die man für jemanden kaufe, und dass man etwas nie mehr loswerden könne, dann „wild horses couldn't drag me away", nach einer kurzen Pause schließlich stotternd und schief „wild horses run faster, run faster". Er nickte nur. Sie ging, um sich noch ein Bier zu holen, und brachte ihm eins mit.
„Du hast keine Reitstunden gehabt, oder?"
„Ich weiß nicht mehr, ob es ein Pferd oder ein Pony war, aber ich bin öfter draufgesessen."
Lea schüttelt den Kopf. Sie geht zurück zu Karlis Box, er folgt ihr, weil er nicht weiß, so er sonst hingehen soll. Sie sind gemeinsam mit ihren Rädern über die holprigen Feldwege und leeren Landstraßen gekommen, er ist sich nicht sicher, ob er allein zurückfindet.
Lea legt die Bürste auf ein Regal zurück, tätschelt Karli am Hals. Er schnaubt und stupst sie mit seiner großen Schnauze an. Einen Moment lang sieht er die riesigen Zähne hinter den weichen Lippen aufblitzen. Kosten Zahnärzte für Pferde noch mehr als für Menschen und wenn ja, wer kann sich das dann leisten? Er fährt mit der Zunge über die Lücke weiter hinten im Mund, seine Mutter hat gesagt, der Zahnarzt bietet keine Ratenzahlung an.
„Du willst ihn nicht einmal angreifen?"

Er schluckt, geht langsam näher an die Box, hebt die flache Hand. Karli dreht den Kopf zu ihm. Als er den Atem des Pferdes auf der Handfläche spürt, zuckt er zurück.
„Gehen wir nach draußen." Lea klingt enttäuscht, ist es wegen dem Lied oder dem Pferd oder wegen allem? Was alles hält sie für gelogen?
Er stolpert hinter ihr her, auch auf seinen Turnschuhen kleben Halme und brauner Dreck, hoffentlich nur Erde. Lea geht an einem langen Zaun vorbei, oben ist ein dünnes, weißes Band gespannt, das wahrscheinlich Strom führt. In einiger Entfernung auf der Wiese grasen mehrere Pferde, sie scheinen sie zu ignorieren.
Er hat sich in den letzten Tagen mehrere Songs angesehen, in denen es um wilde Pferde geht. Er hat sich die Texte durchgelesen, Pferde in Songs sind offenbar immer weiß oder schwarz, braune oder gemusterte scheint es nicht zu geben. Je mehr Songs er fand und je mehr Akkordfolgen er lernte, desto weniger war er sicher, welchen Song Lea gemeint hatte. War es wirklich einfach der von den Rolling Stones, „Chasin' Wild Horses" von Bruce Springsteen oder meinte sie am Ende Natasha Bedingfield? Hatte sie einen Song gemeint, der gar nicht wirklich „Wild Horses" hieß, sondern nur von Pferden handelte, „White Horse" von Taylor Swift oder „Horses in My Dreams" von PJ Harvey? Und gab es diese Landschaften wirklich noch, rollende Hügel, langgezogene alte Siedlungen mit Holzhäusern, weite Prärie im Mondlicht? Waren sie nicht von Highways durchzogenen, auf denen die Pferde von SUVs und Pick-up-Trucks totgefahren wurden, wenn sie wagten, sie zu überqueren?
Am Tor bleibt Lea stehen. „Ich glaube eh nicht, dass ich mir den Huf anschauen kann, wahrscheinlich lässt er mich nicht nahe genug heran. Der schreckt sich immer, wenn ihm wer zu nahe kommt."
Sie beginnt, eine Geschichte von einem alten Turnierpferd zu erzählen, das sie nicht mehr aus dem Stall holen konnten, weil es so Angst vor davongewehten Plastiksackerln und Stacheldraht habe, der im Wind schwankt. Einmal habe es sich

losgerissen, als ein weißer Plastiksack über einen Feldweg geschwebt sei und sie mussten stundenlang suchen.
„Aber im Grunde sind die alle so, je besser sie springen und laufen. Fluchttiere halt."
Lea schiebt das schwere Tor auf und betritt die Koppel. Die Tiere heben die Köpfe und beobachten sie genau, ihre Ohren zucken. Das erste macht ihr ein paar Schritte entgegen und bleibt dann stehen. Als sie weitergeht, weicht es zurück, auch die anderen machen ein paar zögerliche Schritte. Das vorderste Pferd macht einen kleinen Satz und läuft davon. Ihm entkommt ein erschrockener Ruf, er hält sich die Hand vor den Mund.
Lea kommt zurück: „Mir passiert schon nichts."
„Entschuldige, ich wollte dich nicht erschrecken."
„Nicht jeder macht sich was aus Pferden", sagt Lea und klopfte ihre Stiefel am Zaun ab. „Ich wollte nur wissen, wie du das wirklich siehst. Jetzt weiß ich es ja."
Soll er ihr anbieten, dass er allein nach Hause fährt, damit sie nicht mit ihm fahren muss? Er sieht auf seine Schuhe.
„Wollen wir los?", fragt Lea. Er sieht sie überrascht an, kann sich ein Lächeln nicht verkneifen.
„Aber Gitarre spielen kannst du wirklich?"
„Du hast mich doch schon spielen gesehen!" Sie haben ihn auf der Sportwoche überredet, am Lagerfeuer ein paar Lieder zu begleiten, und er war schon zu betrunken von dem Bier aus Plastikflaschen, die sie hinter den Bänken weitergegeben haben. Er hat es einfach nicht mehr geschafft, nein zu sagen.
„Das war ein Scherz. Reg dich nicht auf, ich wollte einfach sehen, ob du wirklich mitkommst zu diesen großen, seltsamen Viechern, die ihr ganzes Leben zwischen Stall und Wiese verbringen, wenn sie nicht für Turniere in Transporter verladen werden."
Er bleibt neben seinem Fahrrad stehen und sieht ihr zu, wie sie ihres entsperrt. „Aber du magst sie doch?"
„Ich wollte reiten lernen, aber das heißt nicht, dass ich auf Turniere fahren will. Mein Vater fände es gut, wenn man dranbleibt und etwas durchzieht."

„Und wie soll das gehen, wenn du nächstes Jahr studierst?"
„Ich kann ja auch hier wohnen bleiben und mich weiter kümmern, sagen meine Eltern." Sie schiebt ihr Fahrrad auf den Feldweg.
„Und willst du das?" Er kann sich nicht vorstellen, weiterhin mit seinem Bruder über zu laute und schlechte Musik zu streiten, sich von seiner Mutter fragen zu lassen, ob er endlich die Wäsche verräumen kann. Ob sich studieren ausgeht, weiß er noch nicht.
„Wer zahlt, schafft an?", sagt Lea. „Komm schon, nimm endlich dein Rad, mir wird kalt."
„Dann musst du halt selber zahlen?" Aus dem Augenwinkel sieht er, wie sie nachdenklich auf die Koppel starrt, während er sein Rad aufschließt. Schweigend fahren sie nebeneinander los.

Sophie Reyer

Emi Panda

Emi Pandas Mama hat immer viel Angst.
Angst, dass er krank wird.
Und weil die Angst auf ihn überschwappt, fühlt er sich dann tatsächlich auch krank. Ehrlich: Er kann gar nicht mehr aufstehen.
Die Ärzte aus dem Pandaland kommen her. Aber sie finden nichts.
„Das ist eine Pandemie", versuchen sie dann, der Mutter zu erklären.
Sie nickt und blickt sehr traurig drein.
Jetzt gibt es ein Wort, also muss es sehr ernst sein.
Oder?
Pandemie, wie das klingt! Mama Panda ist voll Furcht, ehrlich.
Ihr Herz blutet.

Aber schließlich beginnt Emi Panda sich doch zu langweilen, und weil er nicht weiß, was er den ganzen Tag tun soll, wenn Mama Panda Geschirr spült und Wäsche wäscht, läuft er zu den Ärzten.
„Es geht mir sehr schlecht!" ruft er immer wieder.
Die Ärzte verdrehen die Augen und spielen ein wenig mit ihm.
Eines Tages aber wird es ihnen zu bunt.
„Es kann dir nicht schlecht gehen", rufen sie aus.
„Du hast nämlich nichts!"
„Doch", entgegnet Emi Panda, „ich hab eine Pandemi, das habt ihr doch selber gesagt.
Die Ärzte verdrehen die Augen.
Sowas gibt es nicht, sagen sie dann, das ist eine Erfindung.
„Wie?"
„Damit deine Mama eine Ruhe gibt!"
Emi Panda kann es nicht fassen.
„Also bin ich gar nicht krank?", ruft er ungläubig aus.
„Nein", entgegnen die Ärzte kopfschüttelnd. „und jetzt verschwinde. Such dir wen anderen zum Spielen!"

Emi Panda ist verzweifelt.
So wandert er traurig umher. Da hört er mit einem Mal ein Weinen. Emi Panda sieht sich um und entdeckt am Boden ein Wesen mit ganz vielen Stacheln. Glasig sieht es aus, und es hat Flügel - also nein, eigentlich hat es nur einen.

„Nanu, wer bist du denn", fragt Emi Panda und legt sanft seine weiche Tatze auf die Schulter des Wesens.
„Ich bin die Igelfee", schluchzt das durchsichtige Ding.
„Also, Feen kenne ich", meint Emi Panda vorsichtig, „aber Igelfeen?"
„Eben!" ruft die Fee aus, „genau das ist das Problem! Ich bin nicht wie die anderen, ich hab Stacheln, und keiner will mit mir spielen."
Da lacht Emi Panda.
„Ich nehme dich auf meinen weißen Rücken, dann kannst du auf mir reiten, das ist fast wie fliegen!" meint er. „Und spielen können wir gern auch gemeinsam."
„Aber ich steche doch!" ruft die Igelfee
Emi Panda lacht.
„Das ist egal, denn ich hab ein weiches Fell!"

Und so geschieht es: Die Igelfee steigt auf.
Und weil sie so viele Stacheln hat und Emi Panda sie lieb hat und sie jetzt, weil er sie lieb hat, ein Teil von ihm ist, fühlt er sich, als hätte auch er viele Stacheln. Da hat Emi Panda auch keine Angst mehr, und gemeinsam mit der Igelfee geht er zu Mama Panda zurück.

„Die Ärzte haben dich belogen!", sagt er laut. „Ich bin gar nicht krank!"
Da ist Mama Panda so erschrocken, dass sie gleich selbst krank wird. Sie beginnt ganz fürchterlich zu husten!
Aber das macht nichts, denn Emi Panda ist jetzt stark, weil er die Igelfee hat.
„Auch das geht vorbei!" sagt er.

Andrea Stift-Laube

The goose is on fire

Unzählig sind die Geschichten, von Tieren, die sich im Laufe ihres Lebens als dem anderen Geschlecht zugehörig herausstellen, und so eine Geschichte ist auch die der Gans, die meine Schwester Bibi zusammen mit ihrer Freundin[1] auf einem burgenländischen Hof abholte. Diese Gans war eine echte Prinzessin: Stattlich, strahlend weiß, stolz gewachsen und eine sogenannte ungarische Lockengans. Dort, wo bei einer herkömmlichen Gans sich Feder an Feder kompakt an den Abschluss schmiegen, ging es bei ihr erst richtig los. Da ringelten und kringelten sich die Locken und vermittelten ihr, wenn sie über den Hof lief, den Anschein eines Brautkleides. Auch ihre Freundin war lockenfedrig, aber um einiges kleiner und vom Auftreten her einfach nicht so eine Rampensau. Erst später stellte sich heraus, dass Prinzessin Lockengans derart groß war, dass sie den Boden vergaß und dauernd über herumliegende Gegenstände stolperte. Noch später erst stellte sich heraus, dass die ungarische Lockenprinzessin ein Ganter war. Er tat das durch Vielgänserei kund, der er von einem Tag auf den anderen anheimfiel – kaum frühlingte es im Wasserbecken, besprang er alles, was darin schwamm und aussah wie eine Gans – das tut er bis heute, in ein paar Generationen wird der Hof statt einem Pommernganshof ein Ungarischer-Lockengans-Hof sein, denn Fridolin is on fire – und die schönste Prinzessin weit und breit.
Auch Jolly, der wunderbar rostrote Seidenhahn, kam als Henne auf die Welt. Er krähte auch ganz lange nicht, was seine Lebenserwartung erst einmal ordentlich steigerte. Weil er auch sonst relativ unaggressiv und ein bisschen verschreckt war und unsere menschlichen Augen die Schönheit seines wirklich beeindruckenden Federkleides mit Weiblichkeit assoziierten, hofften wir sehr lange, dass er ein Hendl sei. Dafür war seine Schwester Mona Lisa relativ klar ein Hahn – sie war

[1] Die Freundin der Gans, nicht die meiner Schwester.

größer als all die anderen Küken und ihr Federkleid zeigte eine habichtsähnliche Musterung. Wie groß war die Freude, als wir uns zumindest diesbezüglich täuschten, denn lang und traurig sind die Geschichten der liebenswerten Küken, die sich zu (zu vielen) aggressiven Hähnen auswachsen, die wir schlachten müssen, um ein harmonisches Equilibrium auf dem Hühnerhof zu erhalten. Mittlerweile ist das kleine Habichtsküken eine wunderschöne Mona Lisa, Favoritin des Oberhahnes, mit kleinem Kamm und kräftigen Schenkeln. Überhaupt ist es ein seltsames Ding mit der Schönheit der Hendln. Die Hähne scheinen das nämlich durchwegs so zu sehen wie wir Menschen – je bunter und spektakulärer das Federkleid, desto beliebter das Huhn. Das kann mitunter ein Fluch sein, denn jene Hühner, die durchschnittlich sind wie du und ich haben durchaus mehr Ruhe und Frieden und Möglichkeit zur Selbstverwirklichung.

Überhaupt sind Hühner das beste Relaxans auf dieser schönen Erde, und alle Menschen, die ihre Hühner nicht auf der grünen Wiese laufen lassen, sollen im Jenseits in einen Stall ohne Wärmelampe gepfercht werden, oder gar, denn auch das gibt es immer noch, in einen kleinen Käfig. Wer Hühner mästet als reine Ware, die nicht mehr aufstehen kann, weil sie zu schwer wird (das ist dann das, was sie als herkömmliches Backhendl auf dem Teller vieler herkömmlicher Gasthäuser finden, ein Wesen, das nur gelebt hat, damit es schnell fett wird, bewegungslos im eigenen Dreck sitzt, Hauptsache, die Panier ist knusprig), wer also so völlig widernatürlich industriell am Lebewesen handelt, dem wünsche ich gar nichts. Er soll bereits zu Lebzeiten traurig sein.
Ein Huhn braucht Gras und Würmer. Ein Huhn kann Mäuse jagen, und ist deswegen als Katzenalternative durchaus denkbar. In Angesicht der Tatsache, dass Katzen Singvögel fressen, Eichhörnchen und anderes existenzbedrohtes Getier, sind Hühner vielleicht sogar die bessere Alternative, wenn es darum geht, ein Haus mäusefrei zu halten. Sobald ich in die Lage komme, werde ich diese Theorie testen. Das ist

sowieso mein Ziel: Irgendwo eine kleine Hühnerschar halten. Sie ahnen gar nicht, was es alles an Hühnerrassen gibt. Zum Beispiel die Seidenhühner. Sie zeichnen sich durch fluffiges Gefieder aus und sind leider nicht sehr wetterfest. Sobald es regnet, werden sie zu erbärmlich kleinen Gerippen, an denen die Federn picken, weswegen sie eher Schönwettervögel sind. Oder die federfüßigen Zwerghühner. Ein Exemplar dieser Rasse, Madame Pompadour, beehrte meine Schwester einige Zeit, bis sie ungeklärten Todes verstarb.[2] Sie war die intelligenteste Henne, die wir bis dahin kennen lernen durfte. An einem sonnigen Nachmittag lief sie ins Haus und setzte sich in den Wäschekorb – kurz darauf spürten wir anderen genauso die Ausläufer eines Erdbebens. Wenn ein bedürftiger Hahn versuchte, sie für sich zu gewinnen, suchte sie die Nähe der Menschen. Madame Pompadour war klein und rostrot und jede einzelne Feder war schwarz-weiß verziert. Wir nahmen sie dann immer auf den Schoß, bis die Hahnengefahr gebannt war. Um in der Früh denselben Avancen zu entkommen, flog sie in einem Satz vom Hühnerstall bis in den umzäunten Vorgarten. Rest in Power, Pompi, du fehlst uns!
Eine spezielle Gruppe für sich sind die Langkräher. Für die Langkräher gibt es eigene Wettbewerbe. Der japanische Koeyoshi kräht in einer angenehmen Tonlage, eher tief und brummig. Der serbische Sandschak kräht ein bisschen höher, er nähert sich von der Lautstärke her einem steirischen Bauernhofhahn an und moduliert sein Krähen. Der türkische Denizli-Kräher kräht heiser aber erreicht Rufdauern von über 20 Sekunden. Vergleichbar vielleicht mit einem Almöhi-Alpenjodler. Ganz außerhalb des Wettbewerbes steht der Lachhahn, der genau das tut, wonach es für das menschliche Ohr klingt. Unglaublich viel Luft muss in einem Hahn drinnen sein, der so lange krähen kann. Es wird den meisten von uns schwer fallen, sich Langkräher zuzulegen und aus mir unbekannten Gründen findet man sie auch nur sehr schwer im Siedlungsgebiet. Sie werden aber ganz bestimmt einen vergnüglichen Nachmittag erleben, wenn sie Langkräher auf Youtube eingeben.

[2] Das Hendl! Nicht meine Schwester!!

Doch dieser Text hat ja eigentlich mit einer Gans begonnen. Meine Schwester ist ihnen völlig verfallen.[3] So wie man allem Geflügeltier verfallen muss, weil jedes für sich genommen reizend ist. Wir können, seitdem Bibi Gänse auf ihrem Hofe hält, beziehungsweise Gänse auf Bibis Hof Hof halten, keine Gänse mehr essen. Es ist uns verunmöglicht, weil erstens Bibi niemals mehr ein Wort mit uns wechseln würde und zweitens wir die Szene in Single Bells, bei der Ilse Konradi die eh schon tote, aber nackte Gans köpft, mittlerweile so abstoßend finden wie das vegetarische Enkerl. Die Gänse, so kompliziert sie sind, sind uns ans Herz gewachsen. Denn kompliziert sind sie, oder besser: Es sind extravagante Viecher, das kann man sich gar nicht vorstellen! Wo sie leben machen sie sich alles untertan, sind damit dem Menschen nicht unähnlich aber leider zu klein, um die Weltherrschaft zu übernehmen. Meine Schwester beschrieb ihr Erweckungserlebnis folgendermaßen: Sie sei zum Gänsebauern gefahren und plötzlich kam eine wogende Masse von grauweißen Leibern auf sie zu, die Erde bebte und sie verliebte sich stehenden Fußes. Die Gänseschar, die ihr das Herz raubte, umfasste annähernd 150 Stück. Sie nahm drei davon mit nach Hause und arbeitet seitdem stetig am Erreichen einer ebensolchen Stückzahl. Das bräuchte sie gar nicht, den auch bei denn mittlerweile 11 Gänsen bebt schon die Erde, wenn sie auf Dich zulaufen, weil Du beispielsweise einen grünen Topf im Arm hältst, von dem sie annehmen, es sei natürlich ihr täglicher Salatkopf. Das Tolle an Gänsen ist, sie sind so herrlich arrogant. Nett sind sie eigentlich nur, wenn du Konrad Lorenz heißt. Ansonsten betrachten sie dich als eine Art Spezialfuttergeber - denn Gänse brauchen eigentlich keine Salatköpfe. Sie ernähren sich, wenn man sie nicht verhätschelt, von Mutter Natur, also der Wiese. Sie sind so verzüchtet, dass sie nicht mehr fliegen können, man kennt das von Nils Holgersson – aber mit genügend Anlauf und bergab können sie ein bisschen abheben und erfreuen sich

[3] Obwohl die Tatsache, dass meiner Schwester Name Bibi ist und die Hendln bei uns liebevoll Pipi gerufen werden, durchaus dazu auffordert, dass letztere ersterer Lieblingstiere sind.

sehr daran. Vermutlich sind nur Esel lauter als Gänse, sie sind tatsächlich gute Wachhunde, außer sie fressen gerade. Die Liebe meiner Schwester zu ihren Gänsen ist unübertroffen. Alle 11 Stück werden eines natürlichen Todes sterben dürfen, und eine Hausgans kann 25 Jahre alt werden. Mit täglichem Salatkopf auch älter.

Sind wir verrückt, dass wir das Geflügelvieh so verehren? Sagen wir mal so: Es gibt schon noch so etwas wie eine Restmasse an kritischer Distanz. Aber wenn man Tiere liebt, dann beobachtet man sie, und wenn man sie beobachtet, dann lernt man dazu. Die Gänse beispielsweise mögen Musik. Wenn wir singen oder pfeifen, dann bleiben sie stehen und lauschen. Am liebsten mögen sie den Klassiker The goose, the goose, the goose is on fire. Die Hühner sind vielleicht nicht so musikalisch, aber linguistisch begabt. Sie kommunizieren untereinander. Es gibt die These, dass sie sich untereinander mit eigenen Namen ansprechen. Erforschen konnte ich zumindest, dass wenn eine Katze über den Hof läuft, ein ganz eigenes Gegackere stattfindet. Der Oberhahn stößt es meistens zuerst aus und immer nur dann, wenn eine Katze läuft. Es klingt wie ein unaufgeregtes Statement: Gockgackgackgackgack – und bedeutet wohl: Alles in Ordnung, es ist nur schon wieder eine von den depperten Katzen, die auch hier wohnen. Markant ist auch der Ausruf, wenn etwas über den Hof fliegt. Eine potenzielle Gefahr, vor der gewarnt werden muss. Die Gänse wiederum antworten, wenn meine Schwester nach ihnen ruft. Das testet sie auch mehrmals täglich mit großer Freude. Zuerst antworten sie, dann kommen sie mit Getöse. Die Botschaft, die sie untereinander austauschen, lautet: Die verrückte Salatfrau hat gerufen, schau ma, ob sie einen Endivie hat.

Kann schon sein, dass wir verrückt sind. Aber es soll nichts Schlimmeres passieren. Mit jedem Tier mehr, das wir begleiten dürfen, wird unsere Beziehung zur Ware Fleisch auf den Prüfstand gestellt. Und zum billigen Backhendl. Und ganz unaufgeregt kann man festhalten, dass das ja wohl nicht das Schlechteste für diesen Planeten sein kann.

Ratrock Tot Sint Jans

Tiger Family

deep in the canyon
there lived a tiger
he'd had a mansion
and played piano
painted the front gate
it said be welcome to the tiger family

well it was winter
so kind of chilly
they lit a fire
and played the banjo
when I got closer
to feel the heat of the tiger family

they had a pool house
where I could stay
as long as i needed and
as long as they needed me

in came the doctor
swingin' his big shiv
came through the bushes
and talking gibberish
he was an old friend
happy to be back with the tiger family

Markus Mörth

Mein Leben als Hund

Der Tag schiebt ihn vor sicher her und lässt ihn erst am Abend frei. Ein kurzes Atemholen, ein Moment des Glücks. Nachts träumt er dann, wie er am Rand des Schwimmbads stehen muss und ihm die Füße festgehalten werden. Nach hinten abfallen lassen, Arme über den Kopf gestreckt, ohne sich zu krümmen. „Mutig muss man sein", hatte der Lehrer gesagt, sonst bekommt man ein „verweigert". Kein Einser mehr im Sport. So sind die Regeln.
Mitten in der Nacht wacht Michael auf. Im Untergeschoss hört er eine Frau schreien. Er setzt sich auf und überlegt, ob er hingehen soll. Als er richtig wach ist, merkt er, dass die Frau vor Lust schreit. Er ist erleichtert, doch dann wird er ungeduldig, liegt im Bett. Zeit vergeht, der Morgen naht. Ist er wieder eingeschlafen, geht es von vorne los.
Sein Freund W. ist heute krank und im Betonkeller wird an Y-Tong Blöcken gemeißelt und geschmirgelt. W.s fein modelliertes Kunstwerk steht einsam und allein im großen Werkraum. Hier ein Blick, da ein Blick, nichts Konkretes. Als der Lehrer rauchen muss, nimmt sich einer ein Herz und schmettert mit Hilfe seines Hammers den Meißel in W.s Kunst. Tausend Teile, überall. Alle hämmern auf die kümmerlichen Reste ein. Bevor der Lehrer zurück ist, wird fein säuberlich gekehrt und zusammengeräumt, alle Spuren werden verwischt. W. wird seine Halbjahresarbeit nicht mehr finden, ein „Nicht genügend" in Werken wird das Ergebnis sein.
Am Nachmittag, während des Ausgangs, streunen sie durch den ersten Stock des Konsumgroßmarktes. Heute wird in einer lieblos eingerichteten Ecke, wo ein ranziges, mit abgestandenem Wasser gefülltes Planschbecken steht, Entchen-Angeln angeboten. Die Schüler stehen Schlange, um ihr Glück zu versuchen. Keinem gelingt etwas. Als er an der Reihe ist, braucht er genau einen Versuch, um ein Entchen zu erwischen. „Glück", sagen die anderen.
Im Internat lässt er sich das Ausgangsheft abzeichnen und setzt

sich an seinen Platz im Lernraum. Als er sein Aufgabenheft aus dem Rucksack zieht, fällt ihm eine kleine Geldtasche auf, die nicht ihm gehört. Er schaut hinein, findet den Busausweis eines Kommilitonen darin und legt beides auf dessen Platz, in dessen Schultasche. Dann macht er seine Hausaufgaben unter dem Neonlicht, das sich in dem grünen Linoleumboden spiegelt. Später fragt der Erzieher, ob jemand einen Fremden gesehen hat, der an jener Schultasche war. Es fehle Geld. Pflichtbewusst zeigt er auf und sagt wahrheitsgetreu, was passiert ist. Dafür muss er dann ins Zimmer des Erziehers und wird dort von zwei Lehrern ausgefragt. Er wird so lange befragt, bis er alles gesagt hat, sogar die Geschenke zu seinem Geburtstag und jene von Weihnachten muss er minutiös aufzählen. Sie holen seinen Vater, der getrennt vom Jungen Auskunft geben muss. Dann erst dürfen sie schweigend nach Hause gehen.

In der Nacht liegt er wach und hört die Schreie der jungen Frau aus dem Untergeschoß. Am Morgen in der Schule hat er Angst, dass sie wieder kommen und ihn zum nächsten Verhör abholen. Er hat in der Garderobe Angst, er hat in der Klasse Angst, er hat am Gang Angst und er hat im Lernraum Angst. Sogar beim Fußballspielen am Sportplatz hat er Angst, doch hier hat er wenigstens das Gefühl, er kann der Angst davonlaufen. Mitten im Spiel bleibt er plötzlich stehen und schaut zu, wie alle seine Kollegen weiterrennen, an ihm vorbei. Der Erzieher schreit ihn an, was er da mache. Er hat keine Antwort. Schließlich kommt er langsam wieder in den Trott und läuft dem Ball hinterher, wie die anderen.

Beim Schwimmen im Hallenbad, das immer nach dem Essen aus der angrenzenden Küche riecht, gibt es einen Wettbewerb. Er schaut seine Gegner an. Keiner ist für ihn ein Konkurrent. Mühelos gewinnt er jedes Brustschwimmduell bis ins Finale. Der schmächtige Schüler auf dem Startblock neben ihm schaut nur gerade aus, als ob er Angst hätte. Nach dem Pfiff hängt er den anderen Jungen ab, ist in Führung, doch kurz vor dem

Ziel wird er leicht, so leicht, dass er nicht mehr weiß, wo oben und unten ist. Er stoppt die Bewegungen und schwimmt an den Rand. Der andere Junge krault langsam an ihm vorbei, schlägt als erster an und gewinnt. Der Lehrer fragt ihn, was passiert sei. Er weiß es nicht. „Wird das Rennen wiederholt?“, fragt er. „Nein“, antwortet der Lehrer, „Du hast aufgegeben.“ Der andere, schmächtige Junge freut sich über den Sieg und lässt sich feiern.

Alle sind unzufrieden mit ihrem Leben, sie reden davon, dass sie ausgenutzt werden, aber sie lassen es sich gefallen. Er fängt an, jedes ihrer Worte in die Waagschale zu legen. Als einer der Mitschüler sein Aufgabenheft dem Professor vor die Füße schmeißt, weil der kein gutes Haar an seiner Arbeit gelassen hatte, spürt er die Verachtung der Mitschüler vor einer so lächerlichen Aktion.

„Sie saugen uns das Blut aus den Knochen“, sagt er zu G., als sie im Schulpark spazieren und sein Freund eine John-Player-Special raucht.
„Lass sie einfach machen“, antwortet G. „Irgendwann ist das alles vorbei. Dann sind wir frei.“
„Was wirst du dann machen?“, fragt er G.
„Ich weiß nicht“, sagt der und dann zu ihm gewandt: „Bellen, einfach laut bellen.“

Mario Hladicz

Vom Verschwinden

Wir sind stiller geworden, seit wir das Haus nicht mehr verlassen. Es ist, als lebe ein jeder von uns in seinem eigenen Raum aus Stille, und man schreckt hoch, wenn doch einmal jemand die Stimme erhebt und etwa nach einer alten Zeitung fragt. Die Stimmen werden brüchiger, die Worte unverständlicher, man könnte sich aber auch täuschen. Wir schauen uns an, fahle Gesichter, und es scheint, als würde man sich rasch fremder; Fremde, die der Zufall in dieses Haus zusammengewürfelt hat, und es ist einem kaum noch unangenehm, wenn einem schon wieder ein Name entfällt.

Immerzu müssen wir an die Kinder denken im Herbst, wie wir ihnen aus der Entfernung zuschauten, wie sie durch den Garten liefen und lachend in die Laubhaufen sprangen, um schließlich darin zu verschwinden. Wie wir nach ihnen riefen, als sie nicht zurück ins Haus kamen, nach ihnen suchten, ungläubig erst und dann immer verzweifelter die Blätterhaufen durchwühlten, jedes einzelne Blatt wendeten und am Ende doch nur zwei Mützen und einen Schal in Händen hielten. Wir denken, das könnte der Anfang gewesen sein.

Manche von uns wollen es noch immer nicht glauben. Sie stellen sich ans Fenster und lassen sich von der leeren Landstraße täuschen, von der sanften Weide gegenüber, über die der Wind streicht, und reden sich ein, man hätte nichts zu befürchten. Dann zählen sie bis zehn und öffnen entschlossen die Tür, und uns anderen fällt nichts weiter ein, als ihnen dabei zuzusehen, wie sie sich Schritt für Schritt auflösen in der Landschaft, und schnell die Tür zu verriegeln. Andere im Haus wiederum leben scheinbar gedankenlos dahin, öffnen das Badezimmerfenster im ersten Stock, als wäre es auch jetzt noch das Normalste der Welt. Dann gibt es einen Tumult und man ist den restlichen Tag damit beschäftigt, die Spuren zu beseitigen.

Noch ist es mild, der Winter hält sich zurück, doch das Licht wird kraftloser, die Sonne bekommt erste Falten. Die ersten von uns haben schon die dickeren Decken aus den Schränken geholt und die muffigen Jacken, womit nicht alle einverstanden sind. Man müsste sich ein Vorgehen überlegen für die kommende Zeit, wenn die Schatten unsere Gesichter fast zur Gänze ausfüllen. Wir spähen in den Garten, hin zum Brennholz, das sorgfältig an die Mauer zum Schuppen geschichtet ist. Einmal mehr überlegen wir, wie weit es dorthin ist, fünfzig Meter oder siebzig, wie lange der Schnellste von uns brauchen würde, und bald kommen wir darüber ins Streiten, wie üblich. Wenn wir uns beruhigt haben, schätzen wir, wie viele Scheite der Kräftigste von uns tragen könnte. Doch der Kräftigste ist nicht der Schnellste, und schon werden die Stimmen wieder gereizter, die Seelen aufgebrachter. Man kommt auf keine Lösung.

Die Nachmittage sind zäh, und es wird schon so früh dunkel. Wir sitzen zusammen und spielen Karten, harmlose Varianten, doch mit der Zeit wurde das Spiel immer verbissener, die Mienen versteinerter, und es kommt vor, dass wir die Verlierer bestrafen, mit zunehmender Härte, und am nächsten Morgen schämen wir uns, doch das geht vorbei bis zum frühen Nachmittag.

Der Staub der Tage. Das Ticken der Wanduhr. Der Kalender darunter, alljährliches Geschenk der Feuerwehr, bei dem wir noch immer ein Häkchen machen hinter jedem überstandenen Tag, als gäbe es noch ein Ziel, auf das hin wir existierten. Dabei wissen wir nicht, ob die Katastrophe schon hinter oder erst vor uns liegt.

Die Älteren bleiben nun vermehrt am Rand, verfolgen das Geschehen aus müden Augen. Wir überlegen immer lauter, welchen Nutzen sie noch haben. Manche von uns schielen ganz unverhohlen auf ihre gemütlichen Hauspantoffeln, ihre sorgfältig gearbeiteten Strickpullover. Sie vertiefen sich in ihre Bücher, die wenigen, die es in diesem Haus gibt, und tun so, als würden sie die Blicke der Jüngeren nicht spüren, die sie immer auffälliger umkreisen.

Seit einiger Zeit bemerken wir, wie wir nachlässig werden. Ein paar von uns legen keinen Wert mehr auf ihre Kleidung, sie streunen unruhig durch das Haus und legen sich dort nieder, wo sie gerade die Müdigkeit überkommt. Man steigt behutsam über die Körper, um sie nicht zu wecken. Manche schlafen bereits seit Tagen, zusammengerollt oder Rücken an Rücken, schwer atmend. In ihren Träumen geben sie seltsame Laute von sich, ein Fauchen und Knurren. Auch unsere Erinnerungen werden welk und fallen von uns ab, auch sie lassen wir liegen. So werden wir immer leichter, kaum noch zu hören sind unsere Schritte auf dem Holzfußboden. Vor einer Woche sahen wir einen von uns über den Gang schweben, vom Badezimmer bis zur Stube, freilich sind es nur ein paar Meter, es könnte auch Zufall gewesen sein.

Jeden Abend versammeln wir uns am Esstisch, das ist der Höhepunkt des Tages. Sehr genau wird das Essen verteilt, die Portionen werden kleiner, unsere Vorräte gehen zur Neige. Man belauert sich, achtet darauf, keinen Schöpfer weniger zu bekommen als die anderen. Im Schein der Kerzen funkeln unsere Augen. Wir sprechen ein schnelles Abendgebet, kaum noch ein paar Zeilen, die Worte entfallen. Noch liegen unsere Hände möglichst ruhig am Tisch, doch wir sehen uns an wie wilde Tiere.

Markus Köhle

It's raining cats and dogs and bugs but you are captain of the friendship

So messed up I want you here. „Leg dir ein Haustier zu", sagt Pult. *In my room I want you here.* „Leg dir ein Haustier zu und sprich dich aus an ihm." *Now we're gonna be face-to-face.* „Haustiere sind gute Zuhörer." *And I'll lay right down in my favorite place.* „Haustiere sind bessere Zuhörer als ich, du, wir alle hier." *And now I wanna be your dog.* Pult macht eine mit dem Arm ausholende Geste wie aus einem Gutsherren-Film aus dem 19. Jahrhundert, lässt seinen Blick über die Anwesenden im Lokal schweifen und kehrt dann damit wieder zurück zu seinem Glas.
Iggy Pop heult noch immer *Now I wanna be your dog.* Pult nimmt das Glas und einen Schluck. *Well c'mon.*

Pult setzt ab und wieder an: „Versuch deinem Tier zu erklären, was du dir denkst." *Now I'm ready to close my eyes.* „Und was du sagen möchtest, bevor du in Therapie gehst", rät Pult seinem Freund. *And now I'm ready to close my mind.* Pult weiß, dass eine professionelle Gesprächstherapie finanziell nicht drinnen ist. *And now I'm ready to feel your hand.* Er weiß auch, dass er selbst nicht stabil genug ist, um seinen Kollegen auffangen zu können. *And lose my heart on the burning sands.*
„Ein Haustier, meinst du?", fragt Bruno und schaut Pult dankbar an. *And now I wanna be your dog.*
„Ein Haustier, mein Freund", bestätigt Pult. *And now I wanna be your dog.* „Ein Haustier kann dein bester Freund werden." *Now I wanna be your dog.* „Nein, dein Zweitbester." *Well c'mon.*

Pult und Bruno sind best Buddies, sind wie Schnitzel und Semmel, wie Sacher und Demel, wie Tom und Jerry, wie Bloody und Mary, wie Hosen und Träger, wie Ball und Schläger, wie Tasse und Henkel, wie Oma und Enkel, wie Harry Potter und Dumbledore, wie Fußball und Tor, wie Miss Piggy und

Kermit, wie hör zu und hör mit, wie Sprung und Schritt, wie Liebe und Wut, wie Asche und Glut, wie Himmel und Hölle, wie Grenze und Zölle, wie Kirche und Staat, wie Salto und Spagat, wie Brille und Klo, wie naja und soso, wie Äpfel und Bananen, wie Ernte und Samen, wie los geht's und Amen, wie Muppets und Show, wie Beat und Flow, wie Kasperl und Krokodil, wie viel zu wenig und viel zu viel, wie Spar und Billa, wie pink und lila, wie Godzilla und Sharknado, wie Fiat Panda und Ford Toledo, wie Lambo und Ente, wie Rambo und Rente, wie „Aufhören!" und „Es reicht!", wie kann sein und vielleicht, wie Schluss jetzt und auf geht's, wie „Was geht?" und „Wie steht's?", wie „Kannst du jetzt bitte endlich zum Punkt kommen?", wie an und für sich und genau genommen, wie Hand und Schuh, wie „Huch!" und „Nanu!", wie Ferse und Blase, wie Blume und Vase, wie Rock'n'Roller, wie halb leer und halb voller, wie willig und recht, wie billig und doch nicht schlecht, wie Wind und Wetter, wie Landler und Städter, wie Snapchat und Insta, wie taghell und finster, wie E-Scooter und WLAN-Router, wie...

Bruno gehorcht und schafft sich Tiere an. Bruno hat einen hohen Haustierverschleiß. Meerschweinchen können mit Bruno am schlechtesten umgehen, sie verlieren ihr Haar, beginnen zu quietschen und nach zwei-drei Tagen dauerndem Wälzen in Agonie sind sie Meerschweinchengeschichte. Brunos Hamster verweigern das Rad und sterben sehr schnell an Überfettung. Hunde mögen Bruno nicht. Das ist der Hunde Glück. Wellensittiche sind auf anderer Wellenlänge und begehen Selbstmord im Käfig. Kein schöner Anblick, auch sehr selten im Tierreich, Selbstmorde. Ein Marder kommt vorübergehend ganz gut klar mit Bruno, büxt dann aber aus, geht unter der Kühlerhaube eines Dacias fremd und für immer verloren.

„Schau von den besten ab", rät Pult. *Left for dead, dead for good.* „Leg dir kein Känguru zu." *Left for dead, not understood.* „Das Känguru ist schon bei Marc-Uwe Kling in Berlin beschäftigt und physisch zu präsent." *But you always came back for more*. „Kauf dir Fische und unterhalte dich mit ihnen." *You hobo humpin' slobo babe / Now get it off, get off, get off my bed*. „Ja, sprich mit Fischen. Setz es den Fischen auseinander, werd zum Aquariumflüsterer", legt Pult seinem Freund nahe und Whale brüllen noch immer: *Now get it off, get off, get off my bed / Yeah! Yeah! Yeah! Yeah!*

„Such dir dein persönliches Aquariumpublikum." *Yeah! Yeah! Yeah!* „Mach es für die Fische. Die Fische und du. Ein Power-Couple. Das ideale Gespann." *Seeking candy, outta line / Broken kneecap, fail with spine*. „Fisch und Du. Fisch und Bruno: Die Aquarium-Dialoge." *Left for dead, dead for good / Left for dead, misunderstood*. „Find dir dein Aquarium-Diktum. Arbeit an deiner Fischansprache. Wenn es der Stummste der Fische versteht, verstehen auch wir es." *But you, you always came back for more*. „Denk immer an den Stummsten. Und hast du den Stummsten, hast du auch all die Bunten anderen und dann fütter sie. Fütter sie mit dir. Gib ihnen Brunofutter." *You hobo humpin' slobo babe / Now get it off, get off, get off my bed / You hobo humpin' slobo babe / Now get it off, get off, get off my bed.*

Aber Fische machen Bruno nur traurig. Das hat mit den vielen Heringsfilets in Tomatensoße in der Dose zu tun, die ihm als Kind vom vorübergehend alleinerziehenden Vater vorgesetzt wurden. Was schließlich bleibt, sind Katzen. Bruno mag auch Katzen nicht, aber Katzen mögen Bruno.
Bruno mag etwas wunderlich erscheinen. Bruno hat aber Qualitäten. Man muss Bruno nur verstehen wollen. Pult ist einer, der verstehen will. Katzen wollen nicht verstehen. Katzen funktionieren dennoch.

Bruno setzt sich seine Kopfhörer auf, sucht nach einer passenden Musik, geht in sich, versucht, seine innere Katze zu channeln und fragt sich: Katzen, ich verstehe euch nicht, krieg euch nicht in den Griff. Seid ihr die besseren Menschen? Seid ihr die Zukunft, gar die Lösung? *Now I've been happy lately / Thinking about the good things to come*. Ja, Katzen, das Internet hat euch rehabilitiert. *And I believe it could be / Something good has begun*. Die Mäuse waren doch an sich immer die Guten und die Katzen, die waren die Abgerissenen und Dummen. *Oh, I've been smiling lately*. Jerry war eine Maus und Tom ihr dummer Gefährte. Tom ist zwar sympathisch, aber er ist ein Loser. *Dreaming about the world as one / And I believe it could be*. Kater Karlo war auch nicht gerade hell.

Someday it's going to come. Der Kater Gideon in Pinocchio ist stumm, dumm und sieht auch noch schlecht. *'Cause out on the edge of darkness / There rides the peace train*. Aber das ist alles aus und vorbei. *Oh, peace train take this country / Come take me home again*. Mittlerweile haben Katzen das Netz, die Herzen, die ganze Welt erobert. *Now I've been smiling lately*. Alle feiern die Sweetness der Katzen. *Thinkin' about the good things to come*. Alle schmelzen, wenn es um Katzenbabyvideos geht. *And I believe it could be*. Da geht eine kollektive Katzentatzenschmelze um. *Something good has begun*. Vonwegen! Bruno dreht Cat Stevens den Saft ab, skipt ihn weg. Die Katzentapsigkeit löst ein pandemisches Entzücken aus. Katz im Sack war mal ein Überraschungssackerl mit Gadgets, bevor die Überraschungseier den Markt übernahmen. Dafür haben Katzen jetzt den Niedlichkeitsmarkt voll und ganz übernommen. Willst du Kohle machen? Mach was mit Katzen. Katzen, wir sind euch ausgeliefert!

Spür mich, komm zu mir und berühr mich! Hilfe! Wie kommt Cats in meine Playlist? Ich fühl mich überwacht! *I bin da ausgeliefert, jede Nocht*. Katzen, ihr dominiert das Internet, ihr domestiziert uns. Ihr holt uns millionenfach vor den Bildschirm. Ihr reduziert die große, weite Internet-Welt für uns auf Promo-Videos von euch. Katzen, ihr reduziert die Welt, ihr konzentriert die Welt auf euch. Gut, ihr macht sie dadurch für uns überschaubar und alle wollen Überschaubarkeit. Das sei euch angerechnet. Ihr seid der Aufmerksamkeit Mittelpunkt. Unbestritten. Ihr seid der Achtsamkeit Klimax. Alle mögen euch. Das ist eine große Qualität. Alle lassen euch alles durchgehen, alle schauen euch an und lieben euch. Katzen, ihr seid also das absolute Desiderat, das Freiheitssubstrat schlechthin. Ihr seid das, was wir wollen wollen. Ja, wollen wollen, nicht sollen. Ihr seid der Freiheit letzter Schluss. Mehr will die Menschheit nicht. Die Menschheit will, wir wollen: Fell. Wir wollen Schnurren mit Fell. Wir wollen Tatzen. Wir wollen Krallen. Keine Tatze ohne Krallen. Wir wollen tapsige Babykatzen, die aus Waschmaschinentrommeln burzeln und dabei, nein, danach, nach Landung auf dem Wäscheberg niesen. Tschi-tschi-tschi! Ja, Katzenbabys, die niesen, wollen wir. Katzenbabys, die mit all der Publicity umgehen können, wollen wir. Katzenbabys, die aber auch einfach mal nur intim sein können, wollen wir auch. Katzenbabys für dich und mich. Nein, nur für dich. Für mich nicht! *Es ist traurig, und sche langsam z'bled / Mir zwoa vertrog'n uns afoch ned / Warum soll'n ma uns quön / Waunn uns Gemeinsamkeiten völlig föhn?* Ja, Hansi, gib ihnen.

Ja, mir könnt ihr nämlich gestohlen bleiben. Mit mir könnt ihr nicht euer Um-die-Tatze-wickel-Ding machen. Katzen, ich mag euch nicht. Katzen, ich verachte euch zutiefst! Und noch mehr verachte ich Katzen, die noch keine richtigen Katzen sind. Halbgare Kätzchen, Kindchenschema Kätzchen – ich mag euch nicht! Aber – Crux, Pein, Strafe, Katzen-Liebe-Paradoxon – ihr mögt mich. Die Babys, die Mütter, die Katzen ohne Babys und Mütter, die räudigen Kater, die ganz besonders. Alle mögen mich und scheuen keineswegs davor zurück, dies zum Ausdruck zu bringen. Sie scharwenzeln mir um die Schienbeine, hüpfen mir auf den Schoß, reiben ihr Katzenköpfchen an meinen Knöcheln. Sie treten Ruhestätten-Kühlen in meinen Bauch. Sie zeigen dabei Krallen, fahren sie aber nicht aus, stupfen bloß zärtlich mein Bauchfleisch, bringen meine Bauchdecke in Wallung und Aufruhr. Ja, sie erregen mich und regen mich auf. Und sie machen das alles mit Kalkül. Sie gehen zielgerichtet ans Werk. Sie bearbeiten mich gründlich, strategisch, allumfassend, alle Sinne einnehmend.

Sie schnurren mir Symphonien. Sie maunzen mir Mantras. Sie setzten Duftmarken. Sie wecken Küfferle-Katzenzungen-Geschmacks- und Kindheitserinnerungen in mir. Sie blinzeln mir zu, verbrüdern-und-schwestern sich mit mir. Sie schauen mich mit diesem durchtriebenen Katzenblick an. Sie lesen mich. Sie scheinen mich zu verstehen. Sie lesen mich aus, sie lesen mich weg, sie machen mich fertig. Katzen machen mich fertig. Katze: *I bin da ausgeliefert, jede Nocht / Du hoidst mi g'fangen, losst mi ned aus / I bin da ausgeliefert, jede Nocht / Und nur wo du bist, bin i z'Haus'*
Geh Hansi, schleich di!

Katzen sind mir überlegen. Ich krieg sie weder theoretisch noch praktisch in den Griff. Sie schmusen sich ein. Sie krallen sich mich. Sie wissen, wo ich wohne. Sie wissen, was ich letzten Sommer gemacht hab. Sie wissen, wie sie mich treffen können. Sie sind mein Untergang. Und alle Welt sieht zu. Bruno ist in letzter Zeit psychologisch nicht ganz ausgewogen. Aber er hat ja Pult, Pult und Bugs.

„Leg dir ein Haustier zu", rät Pult.
I got bugs in my room / Bugs in my bed / Bugs in my ears / Their eggs in my head
„Leg dir ein Haustier zu und sprich dich aus an ihm."
Bugs in my pockets / Bugs in my shoes / Bugs in the way I feel about you
„Haustiere sind gute Zuhörer."
Bugs on my window / Trying to get in / They don't go nowhere / Waiting waiting...
„Haustiere sind bessere Zuhörer als ich, du, wir alle hier."
Bugs on my ceiling / Crowded the floor / Standing, sitting, kneeling... / A few block the door
„Versuch deinem Tier zu erklären, was du dir denkst, und was du sagen möchtest, bevor du in Therapie gehst."
And now the question's: Do I kill them? / Become their friend?
„Ein Haustier, meinst du?", fragt Bruno und schaut Pult dankbar an.

Do I eat them? / Raw or well done?
„Ein Haustier, mein Freund."
Do I trick them? / I don't think they're that dumb
„Ein Haustier kann dein bester Freund werden."
Do I join them?
„Nein, dein Zweitbester."
Looks like that's the one

Verwendete Songs:
The Stooges: *I Wanna Be Your Dog* (1969)
Whale: *Hobo Humpin Slobo Babe* (1995)
Cat Stevens: *Peace Train* (1971)
Cats: *Erinnerung* (1986)
Hansi Dujmic: *Ausgeliefert* (1985)
Pearl Jam: *Bugs* (1994)

Franz Reisecker

Über alles und nichts und darüber hinaus

Als Jugendlicher verwendete ich das Pink Floyd Album Animals manchmal als Einschlafhilfe. Fünf Stücke befinden sich auf der Platte: *Pigs on the Wing Part 1, Dogs, Pigs (Three different ones), Sheep, Pigs on the Wing Part 2*. Auf dem Cover sieht man einen mit Helium gefüllten Stoffballon in Form eines Schweines über einer Fabrik schweben. Für die Fotoaufnahmen wurde der Ballon mit dünnen Stahlseilen am Boden verankert. Der Ballon riss sich los und das "Schwein" flog weg. Während der 17 Minuten langen Nummer *Dogs* war ich meist eingeschlafen. Wenn nicht, drehte ich die Platte um und begann, Schweinchen zu zählen.

Eine Herde steht auf einem Feld. Jedes Tier ist nummeriert. Schweinchen Nummer eins hebt ab, gefolgt von der Nummer zwei und so weiter. Sie grinsen, denn die Schwerkraft hat ihre Wirkung verloren und so steigen sie bis in die Stratosphäre auf. Möglicherweise aber grinsen sie, um ihre Verzweiflung zu kaschieren, so wie die Artgenossen, die manchmal auf Fleischtransportern und Metzgereigeschäften abgebildet sind. Messer und Gabeln stecken in fröhlich lachenden Borstentieren. In der Stratosphäre angekommen wartet die Herde gemeinsam mit dem riesigen Ballon-Schwein auf Sputnik 2, um mit dem Satelliten und der Hündin Laika, die den Satelliten steuert, die Erde zu umrunden. Richard Wright, Pink Floyds Keyboarder, spielt unablässig seine Akkordzerlegung auf der Orgel. Richard Strauss mischt sich ein. „Laika ist nicht tot, Gott schon!", schreit er, begleitet vom Schlussakkord seines Klassikhits *Also sprach Zarathustra*. Die Borstentiere grunzen, Sputnik 2 piepst, Laika hechelt. Nach der Umrundung will das mittlerweile nicht mehr ganz so prall gefüllte Stoffschwein noch weiter hinauf, oder hinaus? Egal, die Herde ist von der Idee begeistert. Der Höhenrausch nimmt die Angst. Ab einer gewissen Entfernung vom blauen Planeten spielen die Himmelsrichtungen keine Rolle mehr. Oben und

Unten existiert nicht. Nur Raum. Viel Raum. Während sich die Schweine immer weiter von der Erde entfernen, lässt mich die Schwerkraft nicht los. Im Gegenteil, ich falle und lande auf meinem Bett. Stehe auf. Bin schweißgebadet. Gehe zum Fenster und öffne es. So eine leichte Geräuschkulisse wirkt beruhigend. Leichter Wind oder Regen sind ebenso gute Einschlafhilfen wie Musik von Pink Floyd.
Eine Giraffe schläft nur zwei Stunden pro Tag. Die Eintagsfliege steckt als Larve zwei Jahre im Schlamm, bevor sie sich entfaltet und losfliegt. Einen Tag hat sie Zeit, um sich fortzupflanzen. Dann ist alles vorbei. Aber auch nur wenn sie Glück hat und nicht von einem Mauersegler gefressen wird. Mauersegler können während des Fluges schlafen. Der Mensch verschläft ein Drittel seines Lebens. *Wo sind sie nur hin, die Jahre*, klagt die Oma. Das Leben vergeht wie im Flug. Assoziationsketten vertreiben die Müdigkeit.
Die Nachbarskatze ist rollig und macht Katzenmusik. Eine Straßenlaterne blinkt. Der Nachbar - alleinstehend - behauptet, dass die Scharmüllerin auch manchmal rollig ist. Und singen würde sie dann auch. Er besitzt einen Hund, Fipsi. Manchmal versucht der Nachbar, Amseln mit einem Luftdruckgewehr vom Kirschenbaum zu schießen. Wenn er trifft, zerfetzt Fipsi anschließend den Vogel. Hund und Nachbar verstehen sich. Der Mann von der Scharmüllerin, laut dem alleinstehenden Nachbar ein Lichtscheuer, trinkt viel Alkohol. Wenn der Scharmüller angesoffen ist, was er eigentlich eh dauernd ist, in unterschiedlichen Stadien halt, erzählt er Witze und lacht selbst am lautesten. Durch die Nase. Das produziert animalische Geräusche. Dann lachen auch die, die über Scharmüllers Witze normalerweise nicht lachen. Mich nennt er manchmal einen Affen. Bananen sind mein Lieblingsobst. Er legt die linke Hand auf seinen Kopf und die andere in die linke Achselhöhle, krault sich heftig, reißt die Augen weit auf und macht affenartige Geräusche. Dann lache ich. Er auch. Ich wache auf und schließe grinsend das Fenster.

Pigs (Three different ones) dauert elf Minuten. Was man innerhalb von elf Minuten alles erleben kann! Zurück im Bett fängt *Sheep* an. Es ist das schnellste Stück der Platte und dauert zehn Minuten. Roger Waters singt "Hopelessly passing your time in the grassland awaaaaaaaay ..." Das langgezogen gesungene Wort „away" formt sich zu einem Synthesizer-Ton der lange anhält und schon stehe ich neben einer Schafherde auf flachem Grasland. Sternenklare Nacht. Ich laufe weg und lasse die Schafe zurück. Ich will sie nicht zählen. Ich renne ohne Bodenberührung Richtung Horizont, den ich nie erreiche. Einmal um die ganze Welt. Die 40 000 km sind schnell überwunden. Obwohl ich auf einer Kugel rundherum reise, bin ich immer oben. Vielleicht dreht sich die Erde gegen meine Laufrichtung und ich bin mit exakt 1.500 km/h unterwegs. Entlang des Äquators. Und die Erde dreht sich und dreht sich und dreht sich und ich renne und renne und renne. Wenn ein Passagierflugzeug gegen die Erddrehung fliegt, kommt es ja gar nicht vom Fleck. Ich schon. Fühle mich stark. Könnte Bäume ausreißen oder ein tiefes Loch graben. Bis zur anderen Seite. Falle ich dann in Australien aus dem Loch? Oben und unten sind schon wieder völlig verwirrende Begriffe. Ich drehe mich auf die andere Seite. Die rechte Seite ist meine Lieblings-Schlafseite. Heute haben die Katzen Sex. Lauten Sex. Oder ist es die Scharmüllerin? Obwohl das Fenster zu ist, kann ich es hören. Es sind die Katzen. Das Trommelfell meines linken Ohres wurde durchstochen. Seither höre ich damit nicht gut. Aus diesem Grund lege ich mich auf das rechte Ohr, wenn es laut ist. *Pigs on the Wing Part 2* hat gerade aufgehört. Ein Tier müsste man sein. Instinkt, Baby, it is. Wenn man Hunger hat, einfach ein anderes Tier fressen. Oder einen Menschen. Tiger von Eschnapur. Wir Menschen sind völlig überzüchtet und werden immer mehr. Dagegen muss eh was unternommen werden. Jeder für sich ein Planet. Jeder beansprucht Raum und Zeit. *War, what is it good for?* Immer mehr Planeten bevölkern den Raum. Es kommt zu Grenzverletzungen, wo keine Grenzen sind. Seit 5:45 wird zurückgeschossen. Die Zeit heilt nicht alle Wunden. Oma ist todkrank. Bald ist sie tot, wie Gott und die Tiere, die täglich verspeist werden. Deshalb sind Verstecke wichtig. Ich zähle bis hundert. Ich komme! Ich finde einen Wissenschaftler, der in ein Mikroskop schaut. „Je besser das Mikroskop, desto größer der Platz zwischen den Atomen. Das Nichts!", sagt der Wissenschaftler und schaut mich an. Er sieht wie John Malkovich aus. „Das hängt ja alles nicht zusammen und hält trotzdem?", frage ich ihn. Er nickt, lächelt und begleitet mich zum Lift. Zu spät merke ich, dass da kein Lift ist. „Du darfst mein Versteck nicht verraten!", sagt Malkovich und gibt mir einen Schubs. Ich falle und lande auf einer Bühne. Band und Publikum sind extrem euphorisch. Während ich meiner roten Fender Mustang heftige Töne entlocke, verbiege ich mich und schneide wilde Grimassen. Der E-Dur Schlussakkord will und will nicht enden. Der Schlagzeuger wirkt weggetreten. Mit geschlossenen Augen bearbeitet der Drummer die Becken. Alle Blicke sind auf ihn gerichtet. Ein Mann kommt auf mich zu und legt die Hand auf meine Schultern. „Death is not the end", sagt er. „I want to believe in it", sage ich und gehe zum Schlagzeuger, remple ihn an und schreie: „Death is not the end!" Er hört abrupt auf zu spielen. Alle hören auf zu spielen. Nichts ist zu hören. „Das war kein Schluss, du hast die Nummer abgewürgt!", klagt der Schlagzeuger. Buhrufe sind zu vernehmen. Der Drummer starrt verzweifelt auf den Boden. Alle zeigen auf mich und fangen an zu zählen. Ich eile in die Garderobe und betrachte mich im Spiegel. Ein Schimpanse schaut mich an. Eine Hand am Kopf, die andere unter der Achsel. „Wir kommen!" höre ich sie schreien und schon trampelt die Herde los. Ich renne die Feuertreppe hinunter und entdecke einen Zwischenstock. Nicht noch einmal! Ich renne weiter. Unten am Parkplatz angekommen warten Freunde und Familie. Überraschung! Habe ich vielleicht Geburtstag? Nick Mason zählt ein und Pink Floyd fangen an zu spielen. Aber statt Happy Birthday bringt die Band eine Coverversion. Roger Waters zupft den Disco Bass und schwingt die Hüften, als hätte er nie etwas anderes getan. David Gilmore singt: „We were born, born to be alive!" Endlich mal ein gescheiter

Text, freue ich mich. Die Stimmung am Parkplatz ist gut. Alle tanzen. Roger Waters tanzt plötzlich nicht mehr. Das konnte ja nicht gut gehen mit dem Disco Bass. Er zeigt auf mich und beginnt zu schreien. So wie Donald Sutherland in *Die Körperfresser kommen*. Ich würde gerne umschalten. Hab auch tatsächlich eine Fernsteuerung in der Hand. Drücke auf dem Gerät herum. Kann aber nur den Ton abdrehen. Das genügt vorerst. Nur kann ich jetzt den Wecker nicht hören und der müsste doch gleich läuten. Hoffentlich. Also drehe ich den Ton wieder auf und zu meiner Überraschung haben sich alle wieder beruhigt. Ein Mädchen aus der Nachbarsiedlung steht vor mir und nimmt meine Hand. „Komm mit", sagt sie. „Ich muss dir was zeigen." Wir stehen vor einem Loch. Aus dem Loch kommt Licht. Die Sonne scheint durch die Erde. „Drüben ist jetzt Mittag", sagt sie. „Warum drüben?", frage ich. „Da sehen wir uns dann", antwortet sie und springt hinein.

Gabriel Schmidt

Danke, Mr. Mingus
oder
Jazz im Katzenklo

Für Max. Inspiriert von „The Charles Mingus Cat-alog for Toilet Training Your Cat".

„Ein Katzenklo-Training?", fragte Lena ungläubig, während sie das Kuvert betrachtete. Sie musste laut auflachen, noch bevor sie eine Antwort bekam. „Von Charles Mingus", sagte ich. „Wer ist das?", wollte Lena wissen. Auch wenn ich ein innerliches Verlangen verspürte, der Unwissenden in Sachen Jazz ein wenig auf die metaphorischen Zehenspitzen zu treten, zügelte ich mich. Jetzt bloß nicht den Moment zerstören.
„Er war Kontrabassist, Komponist und so, ein Jazzer", kam es knapp aus mir heraus. „Und das soll funktionieren?", hakte Lena ungläubig nach. „Ich glaub schon, Mingus hat das 1972 geschrieben und selbst ausprobiert. Mit seiner Katze Nightlife", antwortete ich. „Nightlife, was für ein süßer Name!", grinste sie sichtlich amüsiert.
Lena holte einen dreiseitig gefalteten Bogen Papier aus dem Kuvert – mein Geschenk an sie, weil sie aus Berlin wieder nach Graz gezogen war. Darauf der Titel „The Charles Mingus Cat-alog for Toilet Training Your Cat" und das Schwarz-Weiß-Foto einer ebenfalls schwarzen Katze mit weißer Brust als Titelseite. Das musste offensichtlich Nightlife sein. Stoisch thront das Geschöpf am vorderen Rand einer Kloschüssel, den Schwanz weit von sich weg gestreckt, Blick gerade aus. Einen so intimen Moment festzuhalten, erschien mir jedenfalls ein wenig unpassend. Und doch war es ein geniales Bild. Als Lena das Pamphlet entfaltete und zu lesen begann, war sie für fünf Minuten gebannt und nicht in der Lage, ihren Blick auch nur kurz von den Zeilen abzuwenden. Dann klappte sie entschlossen den Bogen zusammen. „Das probier' ich aus!", lachte sie auf.

Die folgenden Wochen in Lenas Wohnung waren gekennzeichnet von einer laborartigen Atmosphäre und außergewöhnlicher Vorfreude auf etwas Unbekanntes. Immer wenn ich auf Besuch kam, wurde ich Teil ihres Experiments, oft als Schriftführer. Lena wirkte zeitweise wie eine Forscherin, die eine völlig neuartige Idee im Wissen verfolgte, dass es sich um etwas Gewagtes, ja schon fast Bahnbrechendes handeln musste.

1. März 2022, 10:13
Start „Projekt Katzenklo". Austausch des regulären Katzenklos (50x30, 15 Zentimeter Höhe). Anstelle von Einstreu wird zerrissenes Zeitungspapier verwendet.

Der Plan war, die Box schrittweise vom Vorraum in das Badezimmer hin zur Toilette zu bringen. Nur nichts überstürzen und hetzen, laut Mingus wäre das der größte Fehler. Mina ließ sich jedenfalls von der Veränderung nicht sonderbar stören. Jeden Tag zwanzig Zentimeter schienen für sie verkraftbar zu sein.

9. März 2022, 14:00
Der Karton ist in der Küche angelangt. Mina inspiziert ihre Kiste etwas genauer. Mindestens eine zusätzliche Umrundung der Box.

Bis das Katzenklo im Badezimmer war, vergingen etwa zwei Wochen. Bis dahin gab es auch keine bösen Überraschungen. Alles läuft glatt.

13. März 2022, 21:05
Ein Malheur. Mina kackt vor die Badezimmertür, 30 Zentimeter vom Karton entfernt. Was will sie damit sagen?

Als das Kartonklo endlich ins Badezimmer gewandert war, wurde es spannend. Lena begann damit, den Rand des Kartons stückweise zu kürzen und schlussendlich das Teil auf die Toilette zu verfrachten. Mina machte keine Anstände und verrichtete ihr Geschäft unbeirrt im Karton. Die angebundene Kiste am Toilettensitz war bei Besuchen immer das Gesprächsthema schlechthin. Lena wurde immer motivierter und konnte den Tag gar nicht erwarten, an dem sie das erste kleine Loch in den Karton schneiden und das restliche Zeitungspapier entfernen würde.

17. März 2022, 16:00
Erstes Loch im Kartonboden. Zeitungspapier entfernt. Mina nähert sich etwa 30 Minuten später der Toilette, springt auf den Karton und untersucht das ausgeschnittene Loch genau. Kein Geschäft erledigt.

17. März 2022, 17:21
Mina springt erneut auf den Kartonboden und trifft nach fünf Umrundungen des Loches zielgenau in die Schüssel. Bingo.

Laut Mingus war damit der schwierigste Teil geschafft und es gab nur mehr eines zu tun: entspannen und die Katze nur nicht hetzen. Über einen Zeitraum von zwei Wochen trimmte Lena die Ränder des Katzenklos so weit nach unten, bis nur mehr der Kartonboden übrig war. Auch das Loch vergrößerte sie immer weiter. Mina gewöhnte sich an den Balanceakt am Toilettensitz (der Karton war mittlerweile unter den Klodeckel gewandert), nur einmal landete sie nach ihrem Sprung auf den Rand beinahe in der Schüssel. Als Lena die Überreste des Kartons schließlich vollständig entfernte, hatte es den Anschein, als ob Mina schon immer das Klo mitbenutzte.

2. April 2022, 00:34
Ich passe für ein Wochenende auf Mina auf und übernachte in Lenas Wohnung. Das Geräusch der betätigten Klospülung weckt mich auf. Im Badezimmer sitzt Mina am Spülkasten der Toilette und gibt einen kurzen Laut von sich. Laut Mingus kein Grund überrascht zu sein, Katzen haben das Bedürfnis, ihr Geschäft zu verdecken. Ich lasse Mina an mir vorbei, gehe zurück ins Bett und lege Mingus' Platte „Ah Um" auf.

Son of the Velvet Rat / Georg Altziebler

Dumb Bird

Sometimes i feel like a featherless bird
Among other birds
They look at me with their cruel black eyes
And they don't say a word
I can tell by their beaks they don't care
If I live or die
But when I mention your name they get restless and then
They fly up to the sky

Sometimes the air that I breathe
Makes me throw up nails
& sometimes when I think of you
My thoughts derail
& sometimes I walk down my street
And I can't find my way
& sometimes there's aimless anger
And not much to say

I want you to try for the dumb bird –
try & tear up the silent night & make it sing
I want you to fly with the brown furred mole
that dreams of growing its paws into feather wings
I want you to spread your love like an absurd tropical rain
on a cold western town
And I want you to come home when the day is done
and the sun goes down

Sometimes i just don't understand what you say
& I have to admit
I'm so awfully slow between my ears
& under my hat
& I have to admit I wrote this song
As a little tool
A tool made to intrigue you
'cause you're beautiful

Wolfgang Pollanz

Von Katzenklavieren, Faultieren und anderen musikalischen Viechern

Einer, der auf eine solche Idee käme, wäre heutzutage mit Sicherheit einem Shitstorm, der sich gewaschen hat, ausgesetzt. Keine Katzenwäsche also (dieses Wortspiel, man verzeihe mir, bietet sich hier an), sondern eine ganz ordentliche Kopfwäsche würde das sein. Man würde den Erfinder (der ja angeblich noch weitere Skurrilitäten ersonnen hat) zum virtuellen Abschuss freigeben, zum Feind von Mensch und Tier erklären, und bei besonders sensiblen Menschen, die seines Entwurfs ansichtig würden, müsste wohl ein Kriseninterventionsteam einschreiten und die hyperventilierenden Tierschützer betreuen und beruhigen. Die Rede ist hier vom Jesuiten Athanasius Kircher, einem deutschen Universalgelehrten des 17.Jahrhunderts, dem Erfinder des Katzenklaviers.

Vertraut man dem allgegenwärtigen Wikipedia[1], dann bestand das Instrument aus einer Reihe von an einem Gestell fixierten Katzen, deren Schwänze unter einer Klaviatur festgebunden waren. An der Tastatur, so heißt es, seien Nägel befestigt gewesen, wodurch die Katzen verzweifelt miauten, wenn

[1] Auf Wikipedia gibt es natürlich jede Menge von Fakes, Falschinformationen und Irrtümern.

man die Tasten drückte. In der 1765 veröffentlichten Schrift *Merkwürdige Beyträge zu dem Weltlauf der Gelehrten* wird gemutmaßt, der russische Zar Peter der Große, der Reformer auf dem Zarenthron des frühen 18.Jahrhunderts, habe großes Interesse daran gehabt, Kirchners angebliche Erfindung bauen zu lassen. Aber das ist, genauso wie die Existenz des tierischen Klaviers, möglicherweise auch eine Fälschung, es sind wohl historische Fake-News, wie man heute sagen würde. Auf die ist anscheinend auch der französische Komponist Jean-Baptiste Weckerlin hereingefallen, der in seinem Buch *Musiciana, extraits d'ouvrages rare ou bizarre* davon berichtet, dass im Jahre 1549, also mehr als dreihundert Jahre bevor er den Text verfasste, es bei einem Besuch in Brüssel beim Einzug in die Stadt einen Triumphwagen mit einem Katzenklavier gegeben habe: „Als der König von Spanien Philipp II. seinen Vater Karl V. 1549 in Brüssel besuchte, freuten sie sich gemeinsam ob eines einzigartigen Aufmarsches. Zuvorderst schritt ein gewaltiger Bulle mit brennenden Hörnern, zwischen denen ein kleiner Teufel saß. Hinter dem Bullen ritt ein Junge genäht in ein Bärenfell auf einem Pferd, dessen Ohren und Schwanz abgeschnitten worden waren. Danach kam der Erzengel Michael in strahlender Kleidung und trug eine Waage in seiner Hand. Das Sonderbarste war ein Triumphwagen, der die außergewöhnlichste Musik mit sich trug, die man sich vorstellen kann. Auf ihm stand ein Bär, der eine Orgel spielte; statt Pfeifen sah man jedoch sechzehn Katzen, ihr Körper verborgen, nur die Köpfe waren sichtbar. Die Schwänze ragten heraus und wurden festgehalten wie die Saiten eines Pianos. Durch einen Tastendruck wurde hart am Schwanz gezogen, wodurch die Katze ein klägliches Miauen von sich gab." Weckerlin schreibt weiter, die Katzen seien nach Tonhöhe angeordnet gewesen, und fügt ganz ernsthaft hinzu: „Chromatique, j'aime à croire[2]". An der Existenz dieser Instrumente werde gezweifelt, heißt es dazu ganz lapidar auf Wikipedia.

[2] Chromatisch, beliebe ich zu glauben.

Wer also das Bestehen oder allein die Vorstellung dieser Instrumente für eine Zumutung oder gar eine Schweinerei hält, dem sei auch noch vom Piganino und von der Schweineorgel erzählt.

Es gehe die Legende, so steht es wiederum auf Wikipedia, der französische König Ludwig XI. habe den Abbé de Baigne, der bekannt war als Erfinder von Musikinstrumenten, beauftragt, eine Orgel mit quiekenden Schweinen zu entwickeln; aber auch davon gibt es keinerlei historische Belege, nur besagte Legende, die 1545, also 60 Jahre nach Ludwigs Tod, erstmals gedruckt wurde. Davon möglicherweise beeinflusst erschien dann im 19.Jahrhundert das Lied *La Piganino*, auf dessen Deckblatt das dazugehörige Instrument abgebildet war, auch bezeichnet als *Hog Harmonium, Swineway* oder *Porko Forte*. Die britische Komikertruppe Monty Pythons wird wohl ähnliche Geschichten im Hinterkopf gehabt haben, als sie den Sketch „Mouse Organ" drehte. Am Ende des Clips, heute leicht zu finden auf YouTube, wird Terry Jones, der den Mäuse-Musiker mimt, vom empörten Publikum auf die Straße gejagt – wohl das, was man damals unter einem Shitstorm verstand. Kriseninterventionsteam war dabei keines von Nöten.
Und was hat es mit den Faultieren auf sich? In Brasilien heißen diese Tiere schlicht Ai, was sich auf die Rufe der Weibchen dieser Tierart bezieht, die nachts in den Urwäldern zu hören sind, der spitze Schrei geht dann über in eine Melodie, bei der jeder Ton etwas niedriger ist als der vorherige. Für jemanden, so heißt es

in den einschlägigen Quellen, der diesen Gesang der Faultiere zum ersten Mal vernimmt, sei das sehr beeindruckend. Und hier kommt wiederum der gelehrte Jesuit Athanasius Kircher ins Spiel.

Dieser hat zwar Zeit seines Lebens den Vatikan nur selten verlassen und ganz bestimmt nie eines dieser Tiere singen hören, aber in seiner Schrift *Musurgia Universalis* aus dem Jahr 1650 hat er den Anspruch erhoben, alles zeitgenössische Wissen zum Thema Musik zusammenzutragen. Was die Faultiere und deren Gesang betrifft, bezog er sich wohl auf den Spanier Gonzalo Fernández de Oviedo. Dieser beschrieb für die Europäer nicht nur als erster die Ananas und den Tabak, sondern auch die außergewöhnliche Stimme dieser Tiere, die bis zu zwanzig Stunden am Tag in den Baumkronen schlafen und nur einmal pro Woche ihre Schlafplätze verlassen, um zu koten und sich, so hat es die Wissenschaft berechnet, mit maximal 1,9 km/h bewegen. Oviedo verstieg sich auch noch zur These, die Menschen hätten auf diese Weise die Musik entdeckt und den Tieren die Tonleitern abgehört. Kircher nimmt diesen für ihn ungeheuerlichen Gedanken auf, der bedeutete, dass die Musik außerhalb des christlichen Kulturkreises erfunden worden ist, ein Gedanke, der zudem seinem eurozentristischen Weltbild völlig widerspricht. Nichtsdestotrotz gibt es in der *Musurgia Universalis* sogar eine Notation des Faultiergesangs.

Lib. I. Anatomicus de Natura ſoni & vocis. 27

Muſica Haut ſiue Pigritię Animalis Americani.

Ha ha ha ha ha ha ha ha ha ha ha.

Figura Animalis Haut.

MIrum tamen, nullam huiuſmodi animalis anatomiam vnquàm ab vllo confectam eſſe; ex interiori enim conſtitutione facilè de eiuſdem naturalibus facultatibus conijcere poterant: Si enim os & dentes, ſi ſtomachum habeat, non video cur natura membra cibi reconditoria ſine vſu ipſis aſſignauerit: Sed non dubito, quin mea inſtructione informati Patres noſtri Americani exactiorem in poſterum omnium experientiam ſint ſumpturi.

Voces cęterorum quadrupedum cùm notæ ſint paſſim, ijs non inhærebimus, ſed ad volucrum quarundam voces deſcribendas calamum conuertemus.

Doch genug der Universalgelehrten und der seltsamen Theorien zum Ursprung der Musik. Gibt es, so kann man sich in diesem Zusammenhang fragen, abgesehen von Faultieren und Vögeln auch noch andere singende Tiere? Walgesänge fallen einem da zunächst einmal ein. „Songs Of The Humpback Whale" war 1970 die allererste Schallplatte mit Aufnahmen der Meeressäuger, und sie waren in jenen Jahren, als die Hippiekultur zu ihrem Ende gekommen war und zum Teil zu esoterischem Wohlfühl-Mumpitz mutierte, ein Hit, der in keiner Wohngemeinschaft fehlen durfte. Hören konnte man die Gesänge zum Geruch von Patschuli-Räucherstäbchen ebenso wie beim Inhalieren gewisser Substanzen. Sucht man heute auf Spotify danach, wird man schnell fündig, ist jedoch einerseits ein wenig irritiert ob der Botschaft „Fall asleep to the relaxing singing of the Humpback Whale", andererseits dass Humpback Whale „0 monatliche Hörer" habe. So geht es wohl auch dem als „Lonesome George" (auch 52-Hertz-Wal, weil dies die ungewöhnliche Frequenz seines Gesangs ist) bekannten Wal, der zwar von den Menschen gehört und aufgenommen worden ist, dessen Gesang allerdings so anders ist als der anderer Wale, dass man glaubt, er sei der letzte seiner Art gewesen, der verzweifelt nach einem Weibchen suchte.
Im Großen und Ganzen geht es bei tierischem Gesang also um Liebeswerben, selbst Mäusemännchen quieken nicht nur, sondern singen auf einer für Menschen unhörbaren Ultraschallfrequenz, um Weibchen zu beeindrucken. Diese Unhörbarkeit würde man sich ganz gerne auch von so manchem menschlichen Liebeslied-Schlager wünschen, aber das ist in diesem Zusammenhang eine andere Baustelle, die hier nicht bearbeitet werden soll. Es gibt in der Popmusik aber auch Liebeserklärungen von Menschen an Tiere. Einer der Klassiker in diesem Zusammenhang ist „Martha My Dear" von Paul McCartney[3], ein Song vom Weißen Album, den er nicht für eine ominöse Martha, sondern für seinen Hund dieses Namens der Rasse Old English Sheepdog, hierzulande bekannt als Bobtail, geschrieben hat. In diversen Listen werden als weitere „Animal Songs" der Beatles auch immer wieder „Blackbird",

[3] Siehe dazu auch den Text von Irene Diwiak.

„Rocky Racoon" oder „I am the Walrus" angeführt, was bloß ein weiterer Beleg dafür ist, wie oberflächlich und uninformiert die meisten Gestalter solcher Seiten sind. „Blackbird", so hat McCartney später in mehreren Interviews erklärt, stehe für Black Girls, das Thema des Songs seien die Rassenunruhen im amerikanischen Süden, „broken wings" seien symbolisch zu verstehen. Und der Westernheld Rocky Racoon ist genauso wenig ein Waschbär, wie John Lennon ein Walross oder der Eiermann ist. Und Bob Marleys „Buffalo Soldier"? Auch wenn sich der Song in all diesen Listen findet, geht es in ihm doch um schwarze Soldaten in den amerikanischen Kriegen gegen die indianischen Ureinwohner. Für diese sahen die Soldaten mit ihren schwarzen Gesichtern eben aus wie Büffel. Rassismusverdacht? Cultural Appropriation? Geschenkt.
Ist es auch eine unangemessene menschliche Aneignung, wenn man in Songs Tierstimmen verwendet? Oder gar Tierstimmen nachmacht? Darüber mögen sich andere den Kopf zerbrechen. Eine der ersten Schallplatten, auf denen in einem Song scheinbar das Bellen von Hunden zu hören war, ist „(How Much Is) That Doggie in the Window?" der amerikanischen Sängerin Patti Page, die man auch als Interpretin des großartigen „Tennessee Waltz" aus dem Jahr 1950 kennt. Bei den Credits zum Doggie-Song steht allerdings „Barks by Joe & Mac" – gebellt wurde also vom Arrangeur und einem Musiker, das Hündchen blieb brav hinter dem Auslagenfenster.

1955 erschien dann der erste Song mit echten tierischen Stimmen auf dem Label RCA Victor, das ab 1929 die Rechte an dem berühmten Logo mit dem Hund vor einem Grammophon besaß, bekannt als „His Master's Voice". Der Name und das dazugehörende Bild gehen auf den Maler Francis Barraud zurück, der schon 1898 seinen Hund Nipper beim Lauschen vor einem Phonographen porträtiert hatte. Emil Berliner, der als Erfinder der Schallplatte und des Grammophons gilt, kaufte ihm die Rechte an dem Bild ab, das man noch heute kennt.

"HIS MASTER'S VOICE"

Die Single mit den „Singing Dogs" präsentierte Klassiker wie den Weihnachtssong „Jingle Bells" und passenderweise das Kinderlied „Three Blind Mice". Es ist anzunehmen, dass das Hundebellen in mühevoller Kleinarbeit aus verschiedenen Aufnahmen zusammengeschnitten wurde. Das ist heute natürlich alles viel leichter, zunächst hat man Sampler verwendet, um Kühe und andere Tiere singen zu lassen, heute ist mit der völligen Digitalisierung der Musikproduktion beinahe alles möglich, Spotify und YouTube sind überschwemmt von Aufnahmen und Videos von singenden Tieren.
2020 hat auch der Autor dieser Zeilen mit seinem musikalischen Projekt „Les Machines Molles" die LP „The Fox And Other Stories" herausgebracht, zwölf Tracks, in denen Frösche, Katzen, Hunde, Möwen, Wölfe, Amseln und andere Tiere jeweils die Singstimmen übernehmen. „Ein gleichermaßen abgedrehtes wie unterhaltsames Album", wie es in einer Kritik hieß, und dass es der Beweis sei, dass es in der Popmusik noch nicht alles gegeben habe. Bei der Produktion des Albums, sei hier versichert, kamen weder Katzen noch Schweine zu Schaden,

das moderne Katzenklavier und die Schweineorgel bedienen sich einer aktuellen Software, in die man die Aufnahmen des Katzenmiauens, Schweinegrunzens, Pferdewieherns oder Wolfsheulens lädt, um sie dann mit einem Keyboard abzuspielen. Leider waren die Verkaufszahlen[4] des Albums so gering, dass die Herstellungskosten nicht abgedeckt werden konnten. Wäre es anders gekommen, hätte es, auch wenn keine unmittelbare Veranlassung dazu bestand, ganz sicher eine Spende an eine Organisation gegeben, die sich der Erhaltung der Artenvielfalt widmet.

[4] „It sold next to nothing", wie es in solchen Fällen in anglo-amerikanischen Publikationen heißt. Stand: Jänner 2023.

Mario Schlembach

Aussiedlerhof der Pop-Hendl. 12 Porträts

Das ist Elvis.
Elvis schwingt gerne seine Flügel, was die Hühner zum Kreischen bringt.
Sein Manager Eilonel Tom nennt es die „Poesie der Ekstase" und will Elvis groß rausbringen. Beginnt Elvis zu gackern, dann klingt er wie ein afrikanischer Strauß, was die drei Hähne Ku, Klux und Klown unter ihren weißen Zipfelmützen erzürnen lässt. Neben dem Gackern mag Elvis schlechte Filme, Kitsch und kaum geschlüpfte Küken.
Um seinen Vertrag mit Eilonel Tom zu erfüllen, gibt Elvis zwei Vorstellungen pro Tag in grellen Brutstuben. Die Überanstrengung geht auf Kosten seiner vormals unverwechselbaren Physiognomie, weshalb Elvis mit extravaganten Federn auffallen will.Als nächsten Karriereschritt plant Elvis eine eigene Gefiederlinie, beginnend mit der selbstgetesteten Bauchweguniform „Suspicious Jumpsuits".
Das war Elvis.

Das ist Lady.
Lady ist Gaga und liebt Dada.
Ihre Auftritte gestaltet sie jedoch nach dem Prinzip des Futurismus – also jede Show ist das Problem einer zukünftigen Lady.
Wenn Gaga also wieder einmal einen Gig verpasst, muss ihre Double Lady einspringen samt Pokerface.
Ist Lady einmal nicht Gaga, dann lebt sie ein einfaches Leben in ihrem Pentvogelhouse und blickt auf die brütenden Hühner von oben herab.
„Ready-made", schreit Gaga plötzlich und hat Dada überwunden. „Ab jetzt nur noch Konkrete Kunst!" Folglich ein Ei.
Das war Lady und ihre Gaga.

JOHNNY

Das ist Johnny.
Johnny liebt Cash.
Nachdem aber Bargeld so schmutzig macht, trägt Johnny stets schwarzes Gefieder. Jeden Sonntag gackert Johnny im Kirchenhühnerchor. Die einzige Währung hier ist der Glaube, weshalb Johnny öfter im Folsom Prison gackert.
Zu seinen liebsten Tauschwaren gehören: Zigaretten, Tabletten, Feuerringe und A Boy Named Sue.
Seine liebe Freundin June würde Johnny aber nie tauschen, nicht einmal für Juli oder August. Denn ohne June hätte Johnny noch immer jeden Morgen einen anderen Kater im Bett.
Nicht nur einmal sagte die Polizei zu Johnny „Walk The Line" und er ging im Kreis. Und wieder hieß es Johnny casht.
Das war Johnny.

CHER

Das ist Cher.
Cher saß früher gerne in der Sonny, bis ihre Haut ganz runzelig und blau wurde und sie sich in die Jugendkur emanzipierte.
Wie alt Cher heute ist, wagt sich niemand zu fragen. Auf ihr Geheimrezept angesprochen gackert Cher bloß etwas von „Believe" und „If I Could Egg Back Time".
Probleme hat Cher bloß bei Vollmond. Dort jagt Cher brütenden Hühnern mit den Worten nach „I Got You Egg". Diagnose: Mondsüchtig.
Während für alle Hühner die Zeit rast, bleibt sie für Cher scheinbar stehen, was auch vom vielen Sitzen kommen könnte.
Heute ist Cher Testimonial für Hühneraugen.
Das war Cher.

Das ist Falco.

Falco heißt eigentlich Hans. „Aber als Hans", sagt Falco, „fliegst in diesem Stall nicht weit."

„Da bin ich zu sehr Egoist", soll Falco gemeint haben, nachdem er bei seiner Band „Drahdihendl" gekündigt hat und erstmals in den Spiegel blickte.

Dahinter stand der Kommissar, der die Worte von Euridyke in den Mund nahm und daraufhin Falcos Karriere für immer veränderte: „Drah di net um. Oh, oh, oh …"

Von da an ging es für Falco nur noch bergauf. Genauer gesagt, auf den Rock Me Amadeus.

Platz eins nahezu überall und da wusste Falco, besser wird's nicht. „Da musst erst zur Suppe verarbeitet werden, damit sie dich hochkochen lassen. Aber dann gackerst ewig."

Heute tritt Falco als Experte über die 80er Jahre bei einem Eggcast auf. Leider kann er sich an nichts mehr erinnern.

Das war Falco.

Das ist Madonna.

Seit sie denken kann, sucht Madonna einen Nachnamen, aber nichts scheint passend zu sein.

„Material Girl" – zu materiell. „Like A Virgin" – unrealistisch. „Huber" – zu banal. Daher bleibt Madonna einfach Madonna – solo also, was oft sehr einsam sein kann.

Möchte jemand den Futterthron von Madonna erklimmen, dann pickt Madonna ohne zu zögern los und erfindet sich neu. Ihr aktueller Hit „Papa, Don´t Breed". Was viele als feministische Kritik am vorherrschenden Brutzwang interpretieren, aber Madonna selbst so nicht kommentieren will.

Madonna wird oft als Diva gesehen, was an ihren Federn aus Evitacreme abprallt. „Bitch I´m Madonna".

Madonna arbeitet gerade an einem Sachbuch über Führungs-

strategien. Erster Satz: „Halte Deine Freunde nahe bei Dir, aber Deine Feinde noch näher."
Seitdem küsst Madonna alle aufstrebenden Küken einfach weg.
Das war Madonna.

Das ist John.
John wäre gerne Elvis. Leider tut er sich mit der Gitarre schwer.
Da kommt Paul ins Spiel, der schon als Küken alles spielen kann.
Also gründen John und Paul eine Band, die sie nach ihrem Sternzeichen benennen: Beatles.
Aufnahmekriterium Nummer Eins ist ein einheitlicher Gefiederschnitt: Pilzkopf. Was sich zum Glück nicht auf ihre Musik abfärbt.
Nach einem gemeinsamen Auslandssemester mit Ringo und George hat die Band endlich ihren Stil gefunden: Elvis, aber anders.
Gleichbleibendes Element: Das Gegacker der Hühner wird schnell zu einem Kreischen, woraufhin die Band das Stück „Let it egg" komponieren – nutzlos.
Vier Egohähne in einer Gruppe, sagen Kritiker, da reißen sie sich bald gegenseitig die Federn aus. Hauptsächlich weil sich die Band nicht entscheiden kann, wer von ihnen der Eiermann und wer das Walross sein soll.
Kritiker haben nicht immer unrecht, aber noch sind die Beatles dabei den Hühnerstall grundlegend zu verändern, was sich bereits am allmorgendlichen Gekrähe erkennen lässt. Statt sinnlos darauf los, kräht man jetzt gemeinsam: „Here Comes The Sun".
Auf Anraten seiner neuen Flamme Cocko Ono, will es John bald etwas experimenteller angehen und länger im Bett bleiben, was Paul, Ringo und George gar nicht gefällt und nach Solokarrieren ausschauhalten.
Das waren John und die Beatles.

Das ist Tina.
Geboren als Anna Mae Chickock in Stalleisee ist eine Gackerin und ein Schauhühnchen.
Seit 2013 hat sie die Schweizer Eibürgerschaft.
Kindheit und Jugend: Tina ist die jüngere von zwei Küken. Die erste Erfahrung als Gackerin sammelte sie im Kirchenhühnerchor.
Eik und Tina: 1958 lernte Tina Eik kennen und nahm mit ihm die Hitsingle „Cock in Love“ auf.
1976 verließ Tina ihren Eik und startete eine Solokarriere unter anderem mit ihrem Album „Egg Explosion“.
Seither hat Tina den Turnaround geschafft und niemand spricht mehr über ihren früheren Hahnhängsl.
Auf Fragen dazu antwortet Tina immer gleich gereizt: „What´s Eggs got to do with it“.
Das war Tina. Oder wie sie unter Fans genannt wird: „The Beist“.

Das ist Bob.
Bob isst vieles.
Trotzdem oder deshalb war Bob nie dick, wodurch er im Hühnerstall zur Ernährungsikone aufstieg.
Begonnen hat Bob klassisch, also Rohkost aus dem Bio-Segment. Was viele politisch interpretierten.
Unter seinen Hardcore-Fans brach ein Shitstorm aus, als Bob seinen Elektroherd einweihte und sich der experimentellen Küche zuwandte.
Bobs Geheimzutat blieb aber immer gleich: Dylian.
Nicht zuletzt wegen seiner poetischen Rezepte erhielt Bob den in Stockholm verliehenen Goldenen Schnabel, was zu einer Instantflaute in seiner kreativen Rezeptur führte. „Zu viele Köche und so …“, soll Bob bereits in seiner Preisrede gesagt haben, die seine Freundin Pâté de Smith vortrug.

Bob hat das Essverhalten der Hühner für immer verändert und einen Stein ins Rollen gebracht, der noch immer rollt und rollt und rollt. Shitstorm oder nicht.
An einer passenden Rezeptur für Kannibalismus zur Bekämpfung der Hungersorgen beißt sich Bob bis heute den Schnabel ab.
Das war Bob.

Das ist Janis.
In der Schule nannten die anderen Küken Janis oft „du hässliches Hendlein".
Janis verscharrte sich deshalb in die Lektüre von Büchern, die Malerei und das Gegacker.
Ihren Stil fand sie im Folk & Blues.
Nachdem Janis aus ihrem alten Stall ausbrach, stieg sie durch erste Bühnenauftritte schnell zur „Queen des gefiederten Blues-Rock" auf.
Als es Janis akademisch versuchen wollte, wurde sie auf dem Geflügel-Collage wieder auf ihr Aussehen reduziert und zum „hässlichsten Hendlein am Campus" gewählt.
Nur das Gegacker mit ihren „Big Brothers" rettete Janis vor dem ständigen Mobbing, wobei sie auch immer tiefer ins Glas pickte und jegliche Kontrolle verlor.
Mit den anderen „hässlichen Hendlein", die sich jetzt Chickies nannten, feierte Janis eine große Party in Cockstock, woran sie sich aber nur noch brüchig erinnert.

Derzeit arbeitet Janis auf Einladung von Cocko Ono an einem Geburtstagssong für John und als ehrenamtliche Suchtberaterin. Ihr Kundenstock ist bisher nur sie selbst.
Brian und Jimi haben Janis in ihren elitären Club 27 eingeladen, wo niemand mehr als „hässliches Hendlein" bezeichnet wird. Janis überlegt noch.
Das war Janis.

BACKSTREET CHICKS

Das sind die Backstreet Chicks.
Die Backstreet Chicks sind nicht wie andere Küken einfach geschlüpft. Die Backstreet Chicks wurden in einem speziellen Brutkasten gecastet.
Ihr Manager Lou Perlhuhn brachte die Band, die er nach einem Hinterhofflohmarkt taufte, schnell in den Erfolgsstall, nicht zuletzt wegen ihrer absolut diversen Zusammenstellung.

Die Mitküken:
Howie – Statistenhuhn mit Migrationshintergrund.
AJ – sanftes Badhuhn.
Brian – braver Hühnerschwarm.
Nick – braver Kükenschwarm.
Kevin – das alte, große Bruderhuhn.
Ihr Bandmotto: Einmal ein Backstreet Chick – für immer ein Hühnerherzensbrecher.
Im Laufe der Zeit haben sich die Backstreet Chicks so oft getrennt und wiedervereint, weshalb sie ihren Namen bald in die Comeback Chicks ändern werden. „Aber in Alliteration steckt zu viel Lyrik", sagt AJ.
Heute sind die Backstreet Chicks auf ihrer 1.000sten Comeback-Tour und spielen ihre alten Hits rauf und runter: I Want It That Chick, Everychicken (Backstreet´s Back), As Long As You Love Chick, Shape Of My Egg sowie Quit Playing Games With My Egg.
Als krönenden Abschluss ihrer Karriere nehmen die Backstreet Chicks gerade ein Weihnachtsalbum auf. Leider sitzt ihr alter Manager im Häfen und ihr neuer sieht die Band eher im Ostermarkt aufschlagen.
Das waren die Backstreet Chicks.

Das ist Hannah.
Hannah sollte eigentlich Alexis Texas heißen. Leider hieß bereits ein Pornohuhn so. Meilei ist Hannahs richtiger Name und sie tut nur so, als wäre sie Hannah, womit Meilei zum Weltstar wurde.
Die Geschichte von Hannah ist schnell erzählt: Tagsüber ist Meilei ein ganz normales Huhn. Abends verwandelt sich Meilei mit Hilfe einer blonden Perücke in die erfolgreiche Popgackerin Hannah Monteia.
Hannahs täglicher Kampf besteht darin, nicht als Pophuhn entfiedert zu werden, denn sonst wäre Meileis normales Hühnerleben vorbei und jeder pickt auf sie los.
Durch dieses stressige Doppelleben stockt aber die künstlerische und persönliche Entwicklung von Meilei, weshalb sich Hannah dazu entschloss bloß noch Meilei zu sein, ohne zu wissen wer Meilei überhaupt ist.
Nicht jeder hat die Chance zweimal zu schlüpfen, bestärken Meileis Freunde Meilei, die sich nun in alle möglichen Richtungen ausleben will. Soeben hat sie sich für einen Töpferkurs eingeschrieben und nächste Woche ist Poledance mit Abrissbirne dran. Außerdem arbeitet Meilei an einem Spezialrezept für blondierten Eierlikör.
Das war Hannah und ist Meilei.

Cordula Simon

Triptychon in 3 Katzentieren

I

Kater Nimmersatt

Abenddunst umgab mich wohlig, als ich alleine und behaglich,
dämmernd lag vor Talkshowtrash, vorgeskriptet, megaplatt.
Als ich schon mit letztem Schmatzen tastet müd nach meinen Schlapfen,
kam vom Flur ein sachtes Tapsen – und die Ruhe endet glatt.
Regungslos, erwartend jenes sichre Attentat
- - bis leise an der Tür es kratzt

Die Füße in den dicken Socken, hör ich schon das Kissen locken,
und glaubte, rührte ich mich nicht, gäb auf der Kater Nimmersatt!
Dazu sollte man wohl wissen, des Katers Leidenschaft ist Fressen,
So maunzte er verbissen– „Es hat die Nacht Salut gesagt!
Es gibt kein Schlafen! Auf! Auf! Trapp-trapp!
Zuerst ein Snack, dann folgt die Jagd!"

Die Tür schwingt dank seines Gewichtes, aufs Parkett fällt satten Lichtes,
des Katers Silhouette flauschig schwarz, in voller Breite, hundert Watt,
Im Schein des Flures wirbeln Haare, doch ich weiter grade starre,
Grad so, als läge ich im Sarge. So als sei ich richtig matt,
eine Scharade für das Tier, das sitzt und starrt,
Ein Auge rollt, ich war schachmatt!

So leicht ließ sich das Tier nicht täuschen, einst wird es mich noch meucheln,

mit eiserner Pfote stets regierend, krallenwetz und Flauschefell:
Wie kannst du denn nur müde sein, tags dösend vorm Computerlein!
„Du schläfst ja nicht, was fällt dir ein! Futter, ratz-fatz!"
so maunzt das Tier „doch bitte nicht das mit Rabatt."
„Es gab nur das." „Paperlapapp!"

Da geht der Kater auf die Knie, nun, hopst auf meine, seine nie.
Er kratzt, bohrt, kleine Wunden schlagend, cut um cut,
den Schweif mir wedelnd mitten ins Gesicht, jammervoll „Du liebst mich nicht!"
Schließlich sei es meine Pflicht, zu sorgen, dass der Kater satt.
Wie um die Pfote er mich wickelt, so wie alle Stadt.
Auch Nachbarn füttern Nimmersatt.

Inmitten nächtlicher Gezeiten, wenn uns unsere Tiere leiten,
der Kater schnurrt, frisst sich ganz platt,
lotst mich nach draußen, vor der Kälte pures Grausen,
doch der Dicke wollte brausen und erlegte stolz ein Blatt.
Nur das Mäuschen dort am Rande lacht sich immer weiter schlapp.
Da fällt das Katzentier in Trab.

Dass auch ich schließlich noch lachte, brachte den Kater erst in Rage.
Doch die Kugel nur aus Pelz machte knapp vor dem Mäuschen schlapp.
So hat jeder andere Gaben, ob sie nun zum Ziel hin tragen,
lässt sich im Voraus oft nicht sagen. Man muss nehmen, was man hat,
während ein anderer anderes hat anstatt:
Er warf sich hin, die Maus war platt.

II

Kater unser, der du bist im Kühlschrank,
deine Leckerlies kommen, geleckt werde dein Name,
mein Wille geschehe,
wie auf dem Tisch, so auch darunter,
vergib uns unser Niedlichkeit, wie auch wir vergeben unseren Dosenöffnern, die auch immer das falsch zuerst aufmachen müssen,
und führe uns nicht auf die falsche Seite der Tür und erlöse uns von allen Schraubverschlüssen,
in Ewigkeit, Amiaaaauuu.

III

Komm schon, es ist eine Tür. Türen sind dazu da, geöffnet zu werden. Das würde die Katze nun sagen, stünde ich nicht vor dieser Tür um die Katze zu suchen. Abermals. Es ist nicht die erste Suche. Doch nie war das Turmzimmer offen. Diese Tür, die ich niemals öffnen würde, diese Tür, hinter der die Marder trippeln und trappeln und balgen. Es muss der Geist gewesen sein, der Geist, der nachts den Drucker einschaltet, der die Katze nicht mag, vermutlich, weil sie ihn sehen kann. Der Geist muss die Tür zum Turmzimmer aufgemacht haben und morgens war da dieses Kratzen an der Wohnungstür und dieses Trippeln und ich habe die Tür schnell aufgerissen. Doch nichts, keine Marder, und niemand, keine Katze, denn schließlich hielt sie sich für einen Jemand und kein Etwas. Überhaupt keine Katze weit und breit, und ich in Position, vor dieser Tür, durch die ein Windhauch schon die gammlig-warme Luft drückte, die nur diesen winzigen Spalt offen stand. Ich rollte den Haargummi über den Daumen, einrollen, einrollen, einrollen, auf den Zeigefinger schieben, perfekte Rillen. Ich hatte aufgehört vor dieser Turmzimmertür auf- und abzuwetzen, hin und her, und hin und her, daher nun der Haargummi, das ist keine Angst, das ist eine Zwangsstörung, gratuliere, du hast eine Zwangsstörung und musst auf und ab wetzen oder ein Haargummi drehen, mit schwitzigen

Fingern. Ich drückte die staubige Tür mit einem Finger – bloß nichts berühren – auf: Der drückende und zugleich beißende Geruch, ich lehne mich vor, nur wenig Licht fällt durch die winzigen Schlitze zwischen den Dachziegeln, Spinnweben hängen von den Holzbalken. Ich zucke zusammen, über mir flattert es – Tauben, Himmelsratten! Irgendetwas summt, irgendetwas juckt am Hals, draufschlagen, draufschlagen, ein erster Schritt durch die Tür und dann – der Boden – weich. Hinter mir ein zartes „Meow", die Katze verzieht das Gesicht, streckt angewidert die Zunge heraus, ob der Marderkacke in den Rillen meiner Schuhe, dreht um, marschiert erhobenen Schweifes in die Wohnung.

Andreas Unterweger

Gedichte

DIE MÖWEN

Vom Fluch, seit Jahr und Tag nicht mehr
geweckt worden zu sein vom Schrei einer Möwe,
erlöste uns heute früh ein Streit bei den Nachbarn.

Wobei: Das waren mehr als eine, waren zwei, ja,
war ein ganzer Schwarm, der sich da in die Federn
kriegte, im Kampf um mehr als einen Silberfisch.

Wer weiß, was die für einen unförmigen schweren
gallertartigen Leib mit ihren spitzen Schnäbeln
aus dem Wasser picken, dachte ich, und griff,

in meinem Schweiß gestrandet, Schaum blasend
nach dir, du aber
                              drehtest dich um, ab, tauchtest tiefer
ins Meer hinaus, das mir im Aufwachen schon wieder

aus immer mehr immer weniger kleinen
Wunden, die sich als Wörter (Schimpfwörter!)
entpuppten, aus dem Blubber rann.

FRIEDHOF DER KUSCHELTIERE

Und wieder ein Sonntagsspaziergang
über den unheimlichen alten
Tierfriedhof.

Jedes Grab eine Gruft, jede
Gruft ein Einfamilienhaus

mit Zaun und Tor, darauf
– neben schon halb verwesten Bildern
ehemals bester Freunde –

das immer selbe Epitaph: „Hier
wache ich".

ABENDREICH

Vom Glück, mit ein paar Sulmtalern zu leben,
Sussex', Vorwerks, Araucanas
und einer ganzen Dinosauriersammlung,
der die Fahrt zu McDonalds erspart bleibt.

Vom Glück, mit einem Pferd zu sprechen,
das nicht traurig ist, weil es regnet
oder wegen der Fliegen in den Augenwinkeln
und dass es sich so schwer atmet.

Vom Glück, im Wald unterzutauchen
wie im Meer: rauschbeerenblau die Korallen,
Bucheckern klaffen: Muschelschalen!, und du
perlst, zwischen den Pfoten, das Harz.

Vom Glück, dem Feldweg über die Mauer
Mais hinaus folgen zu können, über die Hügel
und unter dem Strom in den Zäunen hindurch,
bis er, vielleicht, in eine jener Lichtungen mündet,

auf denen die Tiere zu den Menschen sprechen –
als ob wir sie verstünden … Ich wette, wir stünden
dann nicht mehr traurig im Regen, die Finger
voll Harz, die Fahrt zu McDonalds

bliebe uns erspart.

KLEINE FABEL

In deinem Haus, gebaut aus Katzentritten,
mit seiner Eule, nein, Erle im Innenhof,
die in der Krone rauscht wie Adlerschwingen
und um die Wurzeln zischt wie eine Schlange,
lebe ich selbstbewusst wie eine Maus.

Biografische Angaben

Georg Altziebler, geb.1960 in Graz, schreibt als Son of the Velvet Rat Lieder und Melodien. Sein Verhältnis zur Tierwelt ist von frühkindlichen, traumatisierenden Begegnungen mit Truthähnen geprägt. Das amerikanische Thanksgiving-Fest hat für ihn daher jedes Jahr eine besondere persönliche Bedeutung. Ob manche Charaktere in seinen Songs Tiere sind, weiß er selbst nicht genau. Es ist ihm auch Wurst - oder Powidl, für Leute, die keine Tiere essen. Federn oder Fell sind nur Äußerlichkeiten und die Poesie ist ein weites Feld.

Austrofred, geboren 1970 in Steyr/OÖ, wurde eigenen Angaben zufolge von Katzen großgezogen. Nach ihrem Vorbild gestaltete er nicht nur sein eigenes Work-Life-Balance-Konzept, er übernahm von ihnen auch viele elegante Moves für seine Bühnen-Performance sowie den erotischen Hausgebrauch. Trotzdem kennen seine Ohren keinen schöneren Rhythmus als das zärtliche Pochen des Schnitzelklopfers.

Helwig Brunner, geboren 1967 in Istanbul, ist Autor zahlreicher Bücher und Herausgeber der Buchreihe „keiper lyrik". Er hatte schon in seiner Jugend mehr als nur einen Vogel, schloss ein Biologiestudium mit einer Dissertation über alpine Vogelgemeinschaften ab und schrieb an der Grazer Kunstuniversität eine Diplomarbeit über die kompositorische Verarbeitung des Nachtigallengesangs in Werken der europäischen Musikgeschichte. Heute betreibt er ein ökologisches Planungsbüro in Graz, dessen Belegschaft sich mit fast allem beschäftigt, was kreucht und fleucht, und ist Vater einer Kaninchenbesitzerin.

Irene Diwiak, geboren am 10. 12. 1991 in Graz, aufgewachsen in Deutschlandsberg. In der Kindheit und Jugend Besitzerin von vier kurzlebigen Meerschweinchen, seither haustierfrei. Studium der Slawistik, Judaistik und Vergleichenden Literaturwissenschaft in Wien. Seit 2017 freie Autorin von Prosawerken, Theaterstücken und Drehbüchern. Bisher sind von ihr drei Romane erschienen: „Liebwies" (ein Schweinsbraten kommt vor), „Malvita" (eine diabolische Katze kommt vor), „Sag Alex, er soll nicht auf mich warten" (einige Pferde kommen vor). In der Edition Kürbis erschien 2022 ihr Erzählband „Guilty Pleasures", in welchem kein einziges Tier vorkommt.

Franzobel hat das Pelztier schon im Namen, wurde im Tierpark Schönbrunn gezeugt und kam in Tiersheim zur Welt. Er ist mit einem Dackel und einem Kanarienvogel aufgewachsen. Wastl, der Dackel, hat das Text-Gulasch nicht überlebt, und Burli fiel den Krokodilen zum Opfer, die sein Veterinärmedizin studierender Cousin hielt. Franzobel schreibt animalische Dramen und tierisch gute historische Romane. Er lebt mit dem Erpel Donald und dem Hausschwein Fuzzy in Wien und ist damit beschäftigt, sich einen Konrad-Lorenz-Gedächtnisbart wachsen zu lassen.

Wilhelm Hengstler, geb. 1944, Dr. Iuris, lebt als Schriftsteller, Regisseur und Schriftsteller in Graz. Die üblichen Veröffentlichungen in den üblichen Zeitschriften; Bücher, Stücke, Hörspiele und Drehbücher. „Fegefeuer" (Spielfilm, 35mm), „Tief Oben" (Spielfilm, 35mm), „Hanns durch die Zeit" (Spielfilm, dig.) Lebt derzeit relativ glücklich mit ca. 100 Billionen Bakterien, Amöben oder kleinsten Spinnentierchen zusammen, die sich auf und in seinem Körper breitmachen und ca. zwei Kilogramm zu dessen Gewicht beitragen. Mehr Haustier geht nicht.

Mario Hladicz, geboren 1984, lebt als Bibliothekar und Autor in Graz. Bücher: Gedichte zwischen Uhr und Bett (2017), Die Dauer der Scham (2019), Tag mit Motte (2023). Teilt den Haushalt mit seiner Labradordame Rosi, die hin und wieder seine Gedichte frisst.

Christine Hoffelner alias Christine Josephine, 1988 hineingeboren in eine Bauernfamilie im Dorfe Kobenz/Steiermark, erlebte von Kind auf ihr tierisches Vergnügen. Das Runterziehen der Haut der hofeigenen Kuhmilch vom lauwarmen Kakao vermisst sie dabei weniger, die intimen Gesprächsmomente mit dem Hund im Maisfeld jedoch umso mehr. Die entschlossenen Routen von Vogelschwärmen faszinieren sie nach wie vor. Ihr Fernweh versucht sie stets mit Heimweh zu kurieren. Nicht ohne Nebenwirkungen, so wie es auch die Single „Birds" in ihrem musikalisch-literarischen Debutprojekt „selfish" beschreibt.

Gabriele Kögl, geb. 1960, schreibt Romane, Theaterstücke, Hörspiele und kommt aus einem 8-Häuser-Dorf in der Weststeiermark. Mangels Geschwister im annähernd gleichen Alter hat sie ihre Kindheit bis zum 6. Lebensjahr hauptsächlich in der Hundehütte verbracht, da der Hund nicht ins Haus durfte, obwohl er ein Haushund war. Sie hat nie gelernt, eine klare Trennung zwischen Tier und Mensch vorzunehmen und wurde später von zwei Katzen adoptiert, mit denen sie in Wien lebt.

Markus Köhle, geboren 1975 in Nassereith (Tirol), ist Krebs, isst alle Tiere außer Thunfische, hat nämlich auf ARTE mal zwei Thunfischfang-Dokus hintereinander gesehen und seither für immer genug. In einem Comic würde er wohl als Biber dargestellt werden, das Murmeltier ist ihm aber näher. Zuhause hält er nur Wollmäuse, sein Totemtier ist der Muskelkater und über Wolpertinger hat er schon ein ganzes Buch verfasst: „Kuhu, Löwels, Mangoldhamster" (Sonderzahl 2015). Er ist ein Schreibfrettchen, kann privat aber auch Lachs sein. Zuletzt ist der Roman „Das Dorf ist wie das Internet, es vergisst nichts" (Sonderzahl 2023) erschienen, darin spielen seltsame österreichische Vögel die Hauptrolle. Mehr Infos auf: www.autohr.at

Dominika Meindl, geboren 1978 in Linz. In diversen Lebensgemeinschaften, unter anderem mit einem Hund, der ihr auf den Bühnen Oberösterreichs zusehends die Show stiehlt. Macht nichts, bald ersetzen uns ohnehin die künstlichen Intelligenzen. Ist als Moderatorin der Tombola des Grauens zur Edith Klinger der Dinge geworden. Leitet gemeinsam mit Klaus Buttinger und René Monet die dienstälteste Lesebühne Österreichs (Original Linzer Worte). Kuratiert die Reihe experiment literatur in Wels. Sprecherin der GAV OÖ, Gründungsmitglied der Pataphysischen Gesellschaft Wien.

Heimo Mürzl, geboren 1962 in Friesach. Aufgewachsen im Oberen Murtal in einem Haushalt mit der Hauskatze Murli und Schweinen und Hühnern für den Eigenbedarf. Hat bis zu seinem dreißigsten Lebensjahr tote und verarbeitete Tiere als Nahrungsmittel geschätzt (Schwein, Rind, Huhn, Fisch) und lebt jetzt als toleranter Vegetarier in Graz. Zählt Raben, Faultiere und Luchse zu seinen Lieblingstieren.

Wolfgang Pollanz, geboren 1954 in Graz, ist Autor zahlreicher Bücher und Herausgeber der Edition Kürbis sowie von Pumpkin Records. Er lebt in einem Haus inmitten von Obstgärten und einer Pferdekoppel am Rande eines durch Borkenkäferbefall geschädigten Waldes, den er aber als typischer Landbewohner nur betritt, wenn es unbedingt sein muss. Weil er vor vielen Jahren einmal für die Wiener Zeitung eine (auch im Internet zu findende) Glosse mit dem Titel „Strikt haustierfrei" verfasst hat, wurde er prompt von den Machern der Barbara-Karlich-Show kontaktiert und sollte an einer Gesprächsrunde zum Thema teilnehmen. Das hat er abgelehnt, soweit geht seine strikte Haustierfreiheit dann doch nicht.

Ratrock Tot Sint Jans, geboren 1981 in Graz, aufgewachsen in Frohnleiten. Der Songschreiber und Musiker - bürgerlich Patrick Möstl – hat bei pumpkinrecords bereits circa 6 Solo-Alben und 3 Longplayer mit Tiger Family herausgebracht. Sein 2013 geschriebenes Lied „Tiger Family" ist auch Namensgeber der Band. Das Lied selbst wurde zweimal veröffentlicht: 2015 auf dem Solo-Album „Mud" und 2016 auf dem ersten Tiger Family-Album, erhältlich bei pumpkinrecords. Ratrock Tot Sint Jans ist in Besitz des Gemäldes „Kartenspielende Hunde", hat einmal einen Baby-Pinguin aus dem Zoo gestohlen und hat sich sowohl bei seinem Künstlernamen (von Ratte) sowie bei der Benennung seiner Band von der Tierwelt inspirieren lassen. Sein Lieblingstier ist Gucky, der Mausbiber.

Franz Reisecker, geboren 1963 im Innviertel. Unweit des Siedlungshauses, in dem Reisecker aufwuchs, befand sich ein Bauernhof mit Nutztieren. An den Schlachttagen, die halbjährlich am Hof stattfanden, hörte man Schweine schreien und den dumpfen Knall des Schlachtschussapparates. Ab und zu kauften die Eltern eine halbe Sau, zerlegten diese und bewahrten die Einzelteile in einem Pökelfass auf. Der halbe Schädel wurde gekocht und ausgesuchten Freunden serviert. Sauschädelparty. Meist sonntags gab es Schweinsbraten, Schnitzel, Gulasch oder - eher selten - Hasen. Der Großvater züchtete Fleischhasen, tötete die Tiere aber ungern. Besser hatten es die Haustiere, die statt der Nahrungsaufnahme der Unterhaltung dienten. Bei den Großeltern wohnte ein Wellensittich namens Hansi. Er könne reden, behauptete die Großmutter. Auf alten Fotos schleicht Burli, ein getigerter Kater, um ein Planschbecken, in dem ein Kleinkind sitzt. Auf der Hinterseite des Fotos steht Franzi und sein Burli. Von Hansi und Burli gibt es nur Fotos, aber keine Erinnerungen. An einen Hund gibt es Erinnerungen. Strolchi war einen Sommer lang ein treuer Begleiter. Dann wurde Strolchi vom Zug überrollt. Der Bahndamm der Stecke Schärding - Ried, gleich neben der Siedlung, war ein beliebter Aufenthaltsort für Eidechsen, Blindschleichen und Siedlungskindern, die den Reptilien nachstellten. Gefangene Tiere wurden zwecks genauerer Beobachtung mit nach Hause genommen. Im aktuellen Haushalt leben zwei Kaninchen, zwei Kater und Zierfische in einem Teich und in einem Aquarium.

Sophie Reyer, geboren 1984 in Wien, lebt in Wien. Erste wahrhaftige Begegnung in ihrem Leben: die mit der Schildkröte ihrer Großmutter in deren Garten (1986). Die Vögel und Insekten waren Reyer erste Lehrmeister, sodass sie bald schon Musik (Komposition) studierte und sich dem Zirpen lyrischer Texte hingab. In der Folge zahlreiche Prosa- und Lyrik-Publikationen. Sie stand auf Shortlist für den Österreichischen Buchpreis 2019. Zuletzt erschienen: „Clara und ihre Morde" (Emons-Verlag). Sophie Reyer lebt mit ihrer Schildkröte Kasimir in Baden, ist Lehrbeauftragte an der Pädagogischen Hochschule Niederösterreich.

Mario Schlembach, geboren 1985 nahe der reichen Flora und Fauna der Donau-Auen. Sternzeichen: Skorpion. Nach chinesischer Astrologie: Holz-Büffel, dadurch dem Element „Erde" zugewiesen. Aufgewachsen als Bauernsohn auf einem Aussiedlerhof. Neben seiner schriftstellerischen Tätigkeit als Hühnerflüsterer aktiv. Seit Jahren schreibt er an einer „Eizyklopädie" von Hühnerporträts. Homepage: www.bauernerde.at

Andrea Schlemmer, geboren 1971 in Graz, ist Künstlerin, Coach & Energetikerin. Bereits als Kind spürte sie eine sehr starke Verbindung zu Tieren und der Natur. Sie liebte es, mit ihnen zu kommunizieren, egal ob lebendig oder tot. Ihr größter Wunsch nach einem Spielzeug-Bauernhof wurde nie erfüllt, und würde sie heute nicht so gerne reisen, hätte sie schon längst einen echten. Dennoch überredete sie ihre Eltern zu allerlei Getier, von der Maus über Vögel bis zum Kaninchen. Heute lebt sie mit 2 Hunden am Land, rettet mal hier einen Vogel oder zieht da mal Kätzchen mit der Flasche auf. Sie fotografiert Tiere und arbeitet energetisch mit ihnen. Für Andrea sind Tiere gleichwertige Lebewesen, die man einfach nur lieben und achten, und von denen der Mensch noch sehr viel lernen kann.

Gabriel Schmidt teilt sich einen Hof in Großklein mit seinen beiden Katzen Kleopatra und Komet. Nach anfänglichen Konflikten in der Hackordnung darf Schmidt seinem Beruf als Lehrer nachgehen. Aber nur solange die Mahlzeiten morgens und abends pünktlich sind und ausgiebige Streicheleinheiten nicht vergessen werden.

Cordula Simon, geboren 1986, lässt sich gerne von Katzen mit eiserner Pfote unterwerfen und hört nicht auf, zufällige Fakten über alles, was kreucht, fleucht und wurzelt, wiederzugeben, wenn sie einmal angefangen hat. Völlig unfähig Literatur ohne Tiere zu schreiben - jeder Text braucht den Sanctus eines Tieres. Hätte ohne einen odessitischen Hund namens Chelobaka niemals ihr erstes Buch geschrieben. Isst seit über zwanzig Jahren keine toten Tiere, lebende übrigens auch nicht. Es handelt sich nebenbei bemerkt nicht um einen Ausschlag, sondern um die liebevoll ins Fleisch gebohrten Krallen der elterlichen Katze. Darf in der Stadtwohnung keine Haustiere halten, gibt daher den Spinnen Namen.

Andrea Stift-Laube, geboren 1976 in der schönen Südsteiermark. Schriftstellerin, Herausgeberin der Literaturzeitschrift Lichtungen und Grüne Bezirkspolitikerin. Lebt, nachdem die Söhne ausgezogen sind, mit Mann und der Havaneser Hündin der ausgezogenen Söhne in Graz. Hat immer schon gerne Bücher gelesen, in denen Tiere sprechen können.

Andreas Unterweger, geboren 1978 in Graz, tappt nicht nur auf seinem Laptop herum, sondern ist auch Herausgeber der Literaturzeitschrift „mauskripte". Seine Bücher erscheinen im Literaturverlag Drossel, zuletzt etwa „So long, arme Maumau" (2022), „Grumpy Cat" (2018) und „Das gelbe Mutz" (2015). Früher spielte er auch mit einem Band (namens „rattenlos").Obwohl er seit Jahren mit mittlerweile zwei haarigen Vierbeinern zusammenlebt, ist er selten verkatert. Und schon gar nicht verkatzt.

Daniel Wisser, geboren 1971 in Klagenfurt, schreibt Romane, Erzählungen, Hörspiele und Essays. Er ist immer schon ein Katzenmensch gewesen und wohnt in Wien mit zwei Katzen. Nach den Romanen „Ein weißer Elefant", „Löwen in der Einöde" und „Königin der Berge" - in letzterem ist das Alter-Ego der Hauptfigur ein sprechender Kater - versucht er immer wieder, Texte zu schreiben, in denen keine Tiere vorkommen, weder im übertragenen Sinn noch im unübertragenen Sinn. Meist gelingt das aber nicht.

Klaus Wohlgemuth, geb. 1984 in Graz, begann schon als Fötus Tiere in Form und Geschmack von Häusern zu sammeln und diese auf die Seiten seiner Bilderalben zu kleben. Als er neun Jahre zählte, begann er abzuschweifen und hörte nie wieder damit auf. Vor dem langen Zählen und Schweifen aber veröffentlichte Wohlgemuth einiges an Musik auf dem südsteirischen Label Pumpkin Records – u.a. solo als TARE und in Schwarmformationen mit FRAGMENTS OF AN EMPIRE oder TIGER FAMILY.

Dieses Projekt wurde gefördert von

Das Land Steiermark
→ Kultur, Europa, Sport

Bundesministerium
Kunst, Kultur,
öffentlicher Dienst und Sport